拎起 寂寞的影子

林清玄——著

天地出版社 | TIANDI PRESS

图书在版编目（CIP）数据

拎起寂寞的影子 / 林清玄著. —成都：天地出版社，2020.4
ISBN 978-7-5455-5405-2

Ⅰ. ①拎… Ⅱ. ①林… Ⅲ. ①散文集 – 中国 – 当代
Ⅳ. ①I267

中国版本图书馆CIP数据核字（2019）第286776号

著作权登记号 图字：21-2019-541

LINQI JIMO DE YINGZI

拎起寂寞的影子

出品人 杨 政
作　者 林清玄
封面设计 古涧千溪
内文排版 成都新和平文化传播有限公司
责任编辑 袁静梅
责任印制 王学锋

出版发行 天地出版社
（成都市槐树街2号 邮政编码：610014）
（北京市方庄芳群园3区3号 邮政编码：100078）
网　址 http://www.tiandiph.com
电子邮箱 tianditg@163.com
经　销 新华文轩出版传媒股份有限公司

印　刷 廊坊市祥丰印刷有限公司
版　次 2020年4月第1版
印　次 2020年4月第1次印刷
开　本 787mm×1092mm 1/32
印　张 8.5
字　数 165千字
定　价 49.80元
书　号 ISBN 978-7-5455-5405-2

咨询电话：(028) 87734639（总编室）
购书热线：(010) 67693207（营销中心）

目录

第一辑　乡村的脸

第二辑　都市的脸

第一辑

乡村的脸

拎起寂寞的影子

黯淡的灯影

锣声已经响了。

经过几个转折，走在离彰化百姓公庙不远的小路上就已经清晰地听见，锣、鼓、木鱼夹杂着胡琴的声音，自夜空中响亮起来，似水的月光把屋子与路映得很有层次。

这不是普通演戏的锣鼓声，而是很少做公开演出的皮影戏锣鼓，这又不是一般公开的皮影戏演出，而是光复三十年来台湾的第一次皮影戏比赛。

走到比赛的会场，场内三百张椅子已坐满了八成的观众，大家正以热烈高昂的情绪期待皮影戏的演出，因为坐在场中的观众有绝大多数是没有看过皮影戏的。

响亮的锣鼓声敲击了一阵子，便开始了扮仙的仪式，这是台湾地方戏做野台演出时的必要开始，一方面是酬神，一方面也有祈福的意思。扮完仙，正戏便开始了，今天演出的戏目是《李世民大闹凤凰山》，这是一般地方戏很少演出的戏目，在场的老戏迷都相互问着："或者是皮影戏特有的剧目吧？"

既是光复以来首次皮影戏比赛，应该有它特殊的意义，它应该是庄严的，也应该是受重视的，可是当我访问了在场的评审人员后，却推翻了原先预想的意义。在场的三位评审竟然都是不懂皮影戏的，其中只有一位看过一次皮影戏，其余两位都还是第一次观赏皮影戏。

地方戏剧协进会总干事叶子枫说："这一次的皮影戏比赛，是因为香港木偶节来函邀请我们的一个皮影戏团体参加演出，台湾目前仅剩五个皮影戏团，为了公平起见才用公开比赛的方式选拔。可是来报名参加的皮影戏团却只有两个。"

叶子枫是中部人，台湾的皮影戏通常在南部乡下演出，致使他仅在多年前观赏过一次。另两位评审虽也是布袋戏和歌仔戏的专家，对皮影戏却一无所知，只能用其他剧种的标准来评审。对于皮影戏，这或许不是公平的。

连评审委员都不知道皮影戏，更何况是坐在庭前的观众们。这时候我坐在皮影戏小小的戏台前，灯光从戏幕后打出来，显得有一些昏黄，加以在幕上跃动的戏尪仔，使灯光与庙前的水银灯相比，显得格外的黝黯。

我想到，一位艺人当他卖命地演出，竟找不到一位看懂的相知的人，他心中的灯如何能不黯淡呢?

一代不如一代的构成

在中国的地方戏里，皮影戏是最小的一个剧种，它的构成有的五人，有的六人，由于它的布幕小、人数少，随时随地都可以演出。

以一个六人的剧团为例，其中一个打鼓，一个敲锣，一个演主戏，一个唱曲，一个拉胡琴，一个控制灯光做杂务，这样的演员数自然无法与大戏相比，但是却能五脏俱全，是一种发展成熟的戏剧艺术。

此次参加皮影戏比赛的两团，一是永兴乐皮影戏团，一是复兴阁皮影戏团，两个团体都来自高雄县弥陀乡——高雄县弥陀乡和大社乡一直是皮影戏的大本营，我们从他们的剧团构成或者可以体知皮影戏团许多不为人知的特色。

第一天演出的是永兴乐皮影戏团，他们共有六个演员，分别是:

张做——六十八岁，担任唱曲。

张岁——五十一岁，担任主演。

张福周——二十四岁，协助主演。

张振福——二十八岁，拉胡琴。

张振胜——十九岁，打鼓。

张福裕——十九岁，敲锣。

从这个剧团的名单，我们可以知道这是一个家庭式剧团，这也是台湾皮影戏团的特色。张做与张岁是兄弟，自小就跟着父亲的皮影戏团跑天下，然后从父亲手中接过皮影戏团。其余张福周、振福、振胜、福裕都是他们的子侄，也是从小跟着父亲闯荡江湖，永兴乐皮影戏团就是这样传了几代了。

根据民间传说，台湾的皮影戏是由潮州一位有名的艺人阿万师，随着郑成功的军队将皮影戏带到台南。清兵入台后，阿万师避居高雄县弥陀乡，皮影戏就这样传下来了，后来慢慢演变成子承父业代代相承的样子。如果传说属实，永兴乐皮影戏团应该也是阿万师后代的一脉。

在皮影戏最盛的台湾光复初期，戏团的成员都是以演戏为专业，可是永兴乐皮影戏团已经无法以演戏为专业了，他们以种稻子为主业，演皮影戏成为可有可无的副业。问起来，团主张做说："一年演不到几棚戏，靠这个生活不是老早饿死了！"

也因为演皮影戏的收入低微，使得父执传戏时无法专心，弟子在学习时也不能尽得上一代的真髓，学得比较像样的弟子又因兼业而没有创造力，就免不了沦入一代不如一代的命运了。

另一种剧团的构成

第二天参加比赛的剧团是复兴阁皮影戏团，在台湾代代相传的皮影戏团中，复兴阁是比较特殊的一个，它不是父子制，而是师徒制，这两种制度所衍化出来的特色也不一样。

复兴阁皮影戏团所面临的，比一般父子制有更大的困难，因为他们没有下一代，使得他们的平均年龄很高，形成一种暮气。他们的成员是：

张命首——七十七岁，负责唱曲，是整个剧团的师父与灵魂人物。

吴朝宗——七十六岁，敲锣或打鼓。

许福宙——六十五岁，敲锣或打鼓。

许徒——六十二岁，打鼓及杂务。

许福能——五十七岁，主演。

谢强受——四十七岁，拉胡琴。

许茂男——三十六岁，灯光及变幻背景。

除了打灯的许茂男，其余五人都是张命首的徒弟，由于是同一师父调教出来，所以更具有严整的剧团形式，他们比较能专业演戏，成绩也要比一般父子制的剧团更可观。以张命首为例，他二十四岁时跟随一位师父学演皮影戏，接受了十分严格的旧式学徒训练，举凡是皮影戏的每一样技艺他都非常精到。在父传子的过程往往用的是耳濡目染，潜移默化，缺乏一种强化的作用，师徒制就免除了这个缺点。

自然，张命首后来收的十个徒弟，他也用自师父所承受来的方式调教，他的严格，加上来学的徒弟是自愿学习，便能做技术上更好的要求，慢慢地，当然形成比父子制优良的格局。他说：“虽然皮影戏不是很好的头路（职业），但是我的徒弟都演得很好。”

师徒制固然有它的优点，同时也带来了缺点。原来是学徒的人虽然出师，可以独当一面地演皮影戏，到底不是祖传的家业，缺乏向心力，他们的后代子孙因而不肯再学皮影戏，只好撑着一把老骨头继续演戏，一直到死了断绝为止。

至于师徒制专业化剧团，虽然依靠皮影戏维生，也仅能糊口而已，复兴阁的主演许福能谈到生活的问题用了一句俗话：“一日宰九猪，九日无猪宰。”皮影戏较有生意时是农历二、三月及七月，这时剧团就忙着到处去演出，其他的月份却赋闲在家，这种演出情况对于一个职业剧团，自然是比较困难的。

所以，复兴阁演出皮影戏也只能硬撑来维持一个场面，这个平均年龄高达六十岁的剧团，究竟能继续维持多久呢？

我们几乎已经找到答案了。

戏之尪仔与演者之脸

这一次不算盛大的皮影戏比赛，还是吸引了许多爱看戏的民众，我访问的大部分民众都没有看过皮影戏，使得白发苍苍的戏迷还带着好奇的口吻询问："那些戏尪仔到底是用什么做的？是纸板？还是布？"

当我告诉他们那是用牛、羊、驴皮刻成的，再用桐油和油彩绘上去以后，他们却一个个瞪大眼睛问："牛、羊、驴皮怎么能动呢？"

我再以对皮影戏微薄的认识告诉他们："戏尪仔分为头、腕、手臂、身、腿各部分，再用线头穿连起来，身体与手臂各穿孔，插一根小棒以便灵活地旋舞，颈、手两部分则可供安插适当的头和武器。由于是兽皮制成，难以惟妙惟肖，又由于不能惟妙惟肖，所以更有一种朴拙的美。"

居住在中北部的观众难得看到皮影戏，观众们对皮影戏带着相当浓厚的好奇和兴趣，有许多跑到戏台的两侧，往戏台内观看演者的情形，竟兴奋得张口结舌，就在我们猛然顿悟的那一刻，也许对皮影戏便有初步的认识了。

比赛只有两天，第一天演出《李世民大闹凤凰山》，第二天演出《秦始皇吞六国》，在皮影戏目里都是武戏，自头到尾锣鼓声不断，整个剧情的推展也就依靠着打杀推动，并无特别动人深刻之处。据演出的人表示，真正好的皮影戏是文戏，以唱曲为主，戏尪仔只是用来配合唱曲优美的转折与韵律，可惜唱曲是潮州调，一般观众都无法欣赏，加上皮影戏最难的是唱曲，因为它是无谱的，只能依靠口传，有许多较难较优美的唱曲已经失传了。

这真是无可奈何的事!

在两天短短的赛程中，我访问了无数的观众，访问了每一位参加的演员，每一位裁判，每个人的说辞和表情都能使我感到这项民间戏剧已经不可免地走向没落的命运。最后令我感慨的画面是，我蹲在后台时，看到皮影戏演者专注演出的样子。

他们有的几乎已经演了一辈子皮影戏，当他们坐在台上演出时，在熟练专注之外，更有一种敬业谨艺的美。然后我观察到这些老演者的脸，他们的脸竟与手中所持的皮影戏尪仔有几分相似的地方，是因演皮影戏久了，自己融入戏中而相似的呢？或是皮影戏尪仔在他手中反映出自己的形貌呢?

不管答案如何，在我过去所观察的无数地方戏演员，演得真正好的艺人，久而久之，就会在举手投足间和他手中的木偶，或和他上台常演的角色有许多相似。这样的相似真叫人感动，因为那至少表现了这些地方戏的演员演出时态度的真挚，也真正映射出两者生命的不可分离。

当演者的脸容变到和戏的尪仔相像时，我相信，他们的演出艺术已到达了一种圆融的境界。

我们不要做寂寞的演者

当然，蹲在后台看他们演戏，有些感觉也是令人难堪的。这些演者已经年老，他们现在还能维持一定的体力来演出，可是年寿有时而尽，艺术无时而穷，他们一辈子追赶皮影戏艺术的脚步纵使不停，在时间的冲流下，恐怕终究到头来也是一片惘然吧？

我问到其中年纪最大的师父张命首，关于他在这次比赛中最感触的事，他用一种无可奈何的表情说：“大家都看不懂哩！”言语间流露出“万里茫茫，何处觅知音”的感叹。

张命首的回答给我最大的感伤是，后台里虽然锣鼓喧天，胡琴的长声响彻戏台，却总有些许寂寞凄凉的况味，他们想要做个不寂寞的演者恐怕将来也不能够吧！

皮影艺人的寂寞使我思考到，皮影戏是不是到了大力改革以求生机的地步了呢？

复兴阁皮影戏团的主演许福能向我谈起，他们数十年前做野台戏演出的情形。那时皮影戏棚只是一个高四尺，宽五尺的影窗，旁边挂满要出场的戏尪仔，后台除了演出者，是一盏微弱的油灯，常常连戏尪仔都照不清楚。因为设备简单，常常在乡间借用一台牛车，在牛车上便演起戏来。

当时的设备比起今天的戏台当然不可同日而语，但是那时的演者有一种心灵的慰安，因为在旁观赏的村人会看皮影戏，可以从皮影戏中得到快乐。现在摆上了设备舒适的戏台，反而没有人会看戏了。因此他说："我比较喜欢在牛车上演出的那一段生涯。"

从许福能的描绘中，我很能揣想到表演的师傅在影窗后，手中持着戏偶，口中随着剧情，时而莺声燕语，时而苍茫凄凉，完全融合在戏中时的景况。

为什么皮影戏会消沉到今天的地步？这与整个社会形态的转移自然很有关系，可是看不懂却是它的致命伤。我们知道，地方戏剧的命根在民间，愈是通俗愈是大众化的地方戏剧，它的生命也就愈能久长，反之，如果它失去了民间性，也等于浮动了命根，随时都可能灭绝。

相传创作皮影戏的老祖宗，是西汉时的李少翁，《事物纪原》中说："汉武帝夫人李氏死，常思之，有齐人名少翁能致之，夜设帐张烛，帝坐他帐望之，仿佛是夫人之像。由是后有影戏。"倘若这个传说属实，皮影戏的历史当在两千年左右。

如何使这个相传两千年左右的皮影戏继续维持下去，究竟应该做哪些改革，都是今天我们关心地方戏剧所应该思考的问题。

春归无寻处

要改革皮影戏，首先应该从现代的民间性着手，使民间普遍地能看懂皮影戏，一是唱曲，二是说白，三是故事，四是人物。

我从皮影戏团中了解到，皮影戏有它自己的剧本、唱腔和音乐。唱腔和音乐并没有谱记，全凭师父诵念口传，难以无师自通，它的调子又是潮州调，一般人根本无法领会，而唱腔和音乐又是皮影戏最重要的一部分，因此改革皮影戏的首要工作就是整理出皮影戏的唱腔和音乐，使它有一个可遵循的原则，如果在音腔上仍须维持潮州调，或者可以考虑在影窗的右方打出所唱曲调的字幕，以便辨字听声。

至于说白部分，皮影戏剧本台词全是手抄相传，里面有许多简写俗字，文言的气味十分浓厚，已经适应了白话的现代观众无法听懂戏中的文言，自然无法领会其中的乐趣。所以，第二步应该整理皮影戏剧本，把文言尽量白话化，如此当有助于观众进入剧情。

第三步是关于故事部分，据皮影戏演者表示，他们手中的剧本是世代相传，从未有改动，这些故事都是取材自正史或稗官野史，讲的也无非忠孝节义。皮影戏的故事相传数百年，相因相袭、墨守成规是叫人吃惊的，这些故事在过去也许能老少咸宜，却已无法适应现代社会的脾胃，如何能创造一些新的易懂的更符合现世的故事，是不能忽视的事情。

第四步要改革的是，皮影戏的人物因为头和身体可以交替更换，而且只能单面演出，人物显得单调，无法把人物的个性刻绘得淋漓尽致。站在人物个性于戏剧中地位重要的角度看，皮影戏的人物尚不足以深刻动人，尤其在唱腔说白不能被了解的时候，人物常会混淆不清，如何在这方面做研究，使人物的个性更深刻，应是刻不容缓的事。

皮影戏可以改革的事情还有很多，例如更细腻的舞台效果，更有情感的音乐，更有创造性的灯光等，这在布袋戏和歌仔戏的演进中都曾改变而得到良好的效果，皮影戏的改进相信也不至于太困难。

我参加完这一次光复以来首度的皮影戏比赛后，曾经对它的没落兴衰做了相当程度的思考，最后得到的答案是：它仍是寂寞的。

皮影戏的寂寞不仅来自它只有两个团体来参加盛大的比赛，也不仅来自演者本身寻不到知音的寂寞，更深沉的寂寞是源发于整个地方戏剧命根浮动的民间，在浮浅的声光影像追逐中，所有的地方戏剧恐怕都难逃寂寞的命运吧！

看完最后一天皮影戏的演出，我坐夜车离开彰化，心里知道，这或许是第一次也是最后一次的皮影戏比赛，忽然无端地升腾起一种哀伤，就像是春天已经远去了，百花都面临凋萎时刻那样的感觉。

一张发了霉的影窗

如今的江湖·兵荒马乱

知道高雄县大社乡和弥陀乡都是皮影戏的大本营，我便一路南下要去一探究竟。

那时年刚过完不久，南台湾的天气暖滋滋的，路上的行人穿梭来去，我们试着探寻，希望能找到该地年纪最大的皮影戏师傅，一个路人告诉我："那是张井泉，你从这条巷子左拐再右弯就到了。"

我们找到张井泉时，他正坐在只摆了两张藤椅的空荡大厅上哄孙子，玩得十分开心。我说明了来意，他茫然了一阵才会悟过来："噢，噢，你要问皮影戏，我知，我知。"然后我们仅凭皮影戏这一把钥匙，打开了他记忆的闸门。

张井泉出生在皮影戏世代相传的张家，他自幼就跟随大人在皮影戏班里敲锣打鼓，那完全是一种无意识的学样，这一学，竟左右了他的一生——在锣与鼓中度过。

他说：“我们张家自古早就演皮影戏了，本来都是世代单传，只传一房演皮影戏，到五代前分房，传到现在大社才成为两个姓张的皮影戏团，一个是张德成的东华皮影戏团，一个是张天宝、张顺天兄弟的协兴皮影戏团，算起来，他们都是我的后辈了。”

张井泉只能算是张家的旁支，并未得到演主戏的真传，只学到打锣鼓。就是打打锣鼓也很不容易了，非打个两三年是不能上戏台的。

但是，长时期的耳濡目染，使张井泉不只会打锣鼓，他还学会了胡琴，还能背出整本的戏文和唱曲，他今年七十四岁，据他自己的说法：“做戏做了六十年，闭着眼睛也会唱了。”

说着，他便兴高采烈地唱起来，并且费力地为我们解说，由于他唱的是潮州调，加上他两排牙齿全部落光了，我们并未听知他的唱曲，只感觉一连串生动的韵律在耳边跳动。他费了很长的时间为我们唱了两套曲，一是《包公案》，一是《卖身葬父》，两出戏都是文戏，然后他说：“皮戏最好的是文戏，现在都黑白打来打去，真没意思。”

听了一下午张井泉的唱曲，我反而有点迷糊了，仅记得他形容包公是“清如水，明如镜，忠得会吓死人”，还清晰地听明了他唱《卖身葬父》中的一句：“如今的江湖，兵荒马乱。”音调高亢，摄人心魄。

问起皮影戏的昨日今朝，张井泉的嘴瘪得更厉害，他说：“没有办法了，学的人太难，赚的钱太少，哪有什么前途？”至于他始终如一地演六十年戏，张井泉抚膝叹息，连他也搞不清楚得到了什么，或许只是午后逗孙时在厅堂中自弹自唱吧！

张井泉的皮影生涯，使我离开他家时，脑海中不禁浮起那一句“如今的江湖，兵荒马乱”，皮影戏艺人处在电影、电视、歌唱等夹缝中，如何在兵荒马乱中排出一条路走呢？

放下戏尪，剃头看地理

问明了路人，我们在大社弯弯折折的巷子中，找到协兴皮影戏团的主演张天宝，他家是一家理发厅，还兼为别人看地理、风水。我们到的时候是午后三点钟，张天宝正卷起袖子在为客人修面，他便边理发边与我们聊起他的皮影生涯。

张天宝是张家世代相传皮影戏的一脉，他十二岁时就随着父母浪荡江湖，学这个他自称为“微末技艺”的皮影戏，自幼的根基使他和弟弟张顺天学会了从打锣打鼓到拉琴唱曲的好本事，也成为现存皮影艺人中最年轻的。他今年四十四岁，提到皮影戏，他却像背负了数百年的牢骚，尽情地倾吐。

“我们兄弟以前学皮影戏，是想守住祖先的家业，也就一年度过一年，后来却像走进一个无底的陷阱，万丈深坑，一年演不到十场戏，简直无法生活，只好下决心转业了。”

张顺天去打零工维生，张天宝则提着牲礼去拜师学看地理风水，还在朋友处学到理发的技术，便这样开起店，理发看地理了。

张天宝十余年前做这个选择下了很大的决心，至今他欣慰地引用一句戏中成语：“还好见机得早。”

世代演戏的张家，张天宝何尝不想继续演下去呢？他眼见台湾光复后，皮影戏一日没落一日，曾设法在唱曲和口白方面改良，他试着用流行的曲子代替潮州调，有一次在左营演出，一群懂皮影戏的老人拿竹竿追打他说：“我们要听皮影戏，不是要看歌舞团。”

几度失败的尝试叫他灰心了，他无奈地说：“好像一条水泉从山上流下来，后来流不出来了。”

到如今，他虽然还兼演皮影戏，自己却认为连兼演都难了，演一天的戏报酬四千元，六个人平分后就所剩无几，何况一年只能演十场左右，谁肯兼这么微薄的家业呢？

所以，他已下了重大的决心：“到我这一代要收起来了，不能害到子孙。”张天宝半生与皮影为伍，下这个决心，我们便能体知他内心的苦楚了。

谈到后来，张天宝要求坐在他的理发店中取出他的胡琴，拉了一段冗长而平淡的皮影戏曲子，斜阳从窗外洒进，他微俯着眼睑，专注而落寞地拉琴。那是一张苍凉的构图，使犹在壮年的张天宝，看起来仿佛是历经岁月风霜的老人了。

我们要从寂寞中走出来

做一位皮影艺人自然也有幸与不幸，张德成是台湾现存皮影艺人中最幸运的一位。

传闻中的张德成是一位孤傲的民间艺人，我到他的东华百货公司访问他时却发现，那不是孤傲，而是更自信，更了解生活内里所闪现的光辉。

在长远的皮影戏传承里，张德成是很重要的一株枝干，他屈指一算，自己已是皮影戏传到台湾的第五代传人了。二百多年前，他的祖先张状自潮州来台湾定居，居住在大社，一面务农，一面演皮影戏，那时名叫“三奶坛皮戏团”。

第二代张旺，更名为“新德兴皮戏团”。第三代张川，是对台湾皮影戏甚有贡献的演者。他一方面整理剧本，另一方面改进皮影戏操作方法，将三棒的操演改为两棒，使尪仔的表演更加灵便。此外，他还以电石灯代替了油灯。

传到张德成的父亲，第四代的张叫时，皮影戏更有新的创造突破。他把原来不着色的皮影子涂以艳丽的色彩，更以电灯取代电石灯。他还创造出许多新的剧本，使沿承已久的皮影戏有了一番新的面貌。

生活在这样的皮影戏世家，使张德成体内流淌着皮影戏的血液，他十二岁时就随着祖父和父亲学皮影戏，由于学习能力强，十五岁时已经能上台演出重要的戏码了。

问到皮影戏的前途，张德成并不像一般皮影戏艺人那么悲观，他说："皮影戏虽然比不上刚光复的盛况，但是只要演得好，一定可以留存下去，它不会走上绝路的。"

抱持这样的信念，张德成把全部的生命投入皮影戏中，并做了许多重要的改良。他把原来一尺高的皮影子改为两尺，增加演出的效果；把只有侧面的皮影子改为斜面，造成立体感，原来只有四尺的影窗改为八尺，适合更大型的演出；映照的电灯从两个增为四个，再加上五彩灯光，舞台的效果更绚丽夺目。

"做这些突破时，我是不断地想，不断地创造，希望能研究出一套现代人能欣赏的皮影戏。"

张德成的努力并没有白费，长期的创造使他的东华皮影戏团居于台湾皮影戏坛的领导地位，也使他带着戏团跑遍天下，扬名异域。早在一九五二年就应邀到日本公演三个月，一九五八年又往菲律宾公演一个月，一九七二年更应亚洲协会之邀在美国各大学巡回公演长达两个半月，并曾两度在香港艺术节演出……他谈到这些往事，不禁欣慰地微笑。

今年六十岁的张德成，把他的技艺传授给儿子，他演了四十八年皮影戏，并做了这样的推广，已经可以无憾。累积了这许多经验，他传给儿子一句金言：“我们要演人家爱看的戏，要演人家看得懂的戏。”

与张德成的一席谈话，让我想到，大部分的皮影戏艺人是寂寞的，张德成则曾经企图，并且很成功地从寂寞中走出来。

灯蛾扑火的日子

访问过大社乡后，我们转往弥陀乡，继续做皮影戏团的追踪。弥陀只有三个皮影戏团，一个是蔡龙溪的金连兴皮影戏团，一个是许福能的复兴阁皮影戏团，另一个是张做的永兴乐皮影戏团。

我们先找到许福能，他今年五十七岁，是目前弥陀乡皮影戏最主要的演师，他演皮影戏不是世代相传，而是得自他岳父张命首（现年七十七岁）的传授，所以他的起步比一般皮影戏演者要晚，到二十二岁才上戏台。也因此，他没能学得全套的演技，仅学得举皮影子、说白和唱曲。

许福能的声音是很迷人的，低沉而洪亮，他为我说起三十年前演皮影戏的情况：

“那时的皮影戏很简单，戏棚只是一个简单的框架，影窗高约四尺，宽五尺，台后挂满将演的戏尪仔。因为设备简单，经常在乡下就把戏棚子搭在牛车上演起戏来。”

许福能陷进回忆的窗扉，他说到那一段用油灯和电石灯在野地演出的情形，灯旁经常飞舞着扑火的灯蛾，把火扑得忽明忽灭。现在虽然改成比较华丽的大舞台，他却反而怀念那一段旧时的岁月，他说：“那时的人看得懂戏，现在懂的人太少了。”

从这里，我们也了解到相知对一位民间艺人是多么重要的事。

最近，许福能收到一位法国巴黎年轻人Dadeuea iselle Anne Riston的来信，希望能跟随他学皮影戏。这件事使许福能很感慨，他到目前还没有收过一位中国徒弟，没想到远在千里外的外国人却要拜他为师，这往往是民间艺术消失的坏兆头。

许福能是少数专业的皮影戏演师，他一年可以演出六七十场皮影戏，勉强能够糊口，但是对皮影戏的前途他仍是悲观的。他用了一句俗语“一日宰九猪，九日无猪宰”来形容皮影戏的现状，他说：“照这样下去，将来就无猪可宰了。”

与许福能仅隔一条街居住的张做，也是演皮影戏，演到六十八岁了，他领导的永兴乐皮影戏团虽然有很多他的子侄参加演出，但是都没有一位能演主戏，也是传不下去了。张做不识字，唱曲说白全是一句一句背起来的，他连口传都传不下去，还有什么前途呢？

箫鼓声中老客星

以上追访的都是中老年的皮影戏演师，最后我在弥陀乡找到本省现存最老的皮影戏老师傅，他几乎就是本省皮影戏剧的近代史了，所以我做了一个比较详细的记录。

蔡龙溪坐在家门前的木头圆凳上，啪哒啪哒地抽烟斗，九十岁的老人了还显得神采奕奕，他身上厚重的棉衣却使他看起来有点不胜负荷的样子。

那时候夕阳慢慢沉落了，斜斜的光线照耀他长满老人斑的面容，竟造成许多感人而可惊的层次。他脸带微笑，与我们谈起他历时七十六年的皮影戏生涯。

“我十四岁的时候，因为家境贫困几乎到了无以维生的地步，便出来跟皮影戏团了，我又没有读什么书，跟着师父有样看样学打锣，这个锣啊，一打就打了两年啰！”

蔡龙溪的少年时代是讲究慢工出细活的时代，师父教徒弟很用心，手艺好像倒在其次，主要是先要磨磨徒弟的心性。因此，师父教他打锣锵锵锵锵锵锵锵，他便跟着锵锵锵锵锵锵锵，一点也不敢违拗。蔡龙溪说：“就这样跟着师父锵了两年，才算是打锣出师。可是会锵了，师父便叫我学打鼓，这个鼓啊，一打也打了两年。”

两年锣、两年鼓，接下来是两年学拉胡琴。师父觉得蔡龙溪根底差不多了，才肯教他到台前演主戏，主戏也是和师父搭配了三年多，才能独撑大梁。屈指算来，蔡龙溪为了要上台演皮影戏，光学习就几乎耗去了将近十年的时间，怪不得他思想起那一段老岁月要忍不住咒起来：“干伊娘，现在有哪一位少年肯花十年学皮影戏哩？”

十年的学徒生涯，使得蔡龙溪的一生注定不能脱离皮影戏，他在戏台上掌戏尪仔做主演也匆匆六十六年了。这么长久的时间使蔡龙溪和皮影戏生出深厚的感情，也使他活到九十岁还有一个遗憾。

“干伊娘！传不下去了！”

蔡龙溪最后演的 场皮影戏是我访问他的前几天，他应邀在弥陀乡大圣庙前演了一出戏，也是他告别皮影生涯的一场戏。

“我今年九十岁了，我很想再演下去，可是耳朵背，讲话不清，才决定从今以后不演了。”蔡龙溪不演皮影戏，对本省已经面临没落的皮影戏又增添悲凉的一页，在他七十六年的演出时间中一共收教了九个徒弟，可是徒弟们没有像他长寿，已经有八个去世，仅存的一个也改行做房地产生意了。

这九个徒弟没有留下任何皮影戏的传人，如果以中国人“多子多孙多福寿”的标准来看蔡龙溪，他皮影戏的子孙没有留下一个，那样的晚境如何能不凄凉呢？

为了使皮影戏留传下来，蔡龙溪曾处心积虑地培养他亲生的儿子来继承。他以前演皮影戏就是带着最年幼的儿子跟戏，一点一滴地教他打锣打鼓，教他拉胡琴学唱腔，经过几年的调教，他的小儿子学了一套本事，可以独撑场面地演皮影戏，蔡老先生曾因此高兴了好长的一段时间。但是好景不长，他儿子到三十岁时就说什么也不肯上戏台了，宁可拿了钱去开辟一片鱼塘。

蔡龙溪谈到这一段往事，一连咒了好几句“干伊娘”的口头禅，显然对他的儿子又恨又爱。他说：“我知道饲鱼好赚，可是我们不能对不起田都元帅（皮影戏供奉的神）呀！我苦苦向他说：‘我们钱少赚没有关系，一定要留住这个行业。’我儿子说：‘阿爸，你不要害我，皮影戏没前途了，您演一世人的戏又得到些什么？’”

说到这里，蔡龙溪长长地叹了一口气：“我演一世人得到什么？还不是养大了一群憨儿子，不能守我的家业。”

他谈到不能传皮影戏，显得十分激动，两腿盘坐在凳上，猛烈地抽香烟。我向他说能不能看看他保存的皮影戏尪仔，又惹来他一肚皮牢骚："一些老戏尪仔都被阿朵仔（美国人）买光了，只剩下现代的啰！阿朵仔花几千元买一个尪仔，不知道他们到底要干什么！"

不要动我的戏尪仔

我央求了很久，他才叫我从黝暗的卧室中搬出两个大铁皮箱子到庭前，然后小心翼翼解开绑在箱子上的粗大麻绳，慢慢把箱中的宝物一件件拿出来，里面有锣鼓、胡琴、喇叭，还有数百身的皮影戏尪仔，制作得十分精美，都是蔡龙溪亲手刻出来的。我看到那么多有趣的东西，忍不住要伸手去拿，蔡老先生突然大声呵斥起来："不要动我的尪仔！"

一时使我怔在当地，然后他不好意思地笑起来，说他怕被弄乱了，我说："您不是不演了吗？"他长长地叹一口气。

蔡龙溪随后一件一件取出为我说明，谈到皮影人物的造型、颜色及种种，言语间透露出无限深情，最使我震撼的却是他那一句："不要动我的尪仔！"那里面不用说明，就已经把他和皮影戏的感情说明清楚了，七十余年的形影相随，无生命的戏尪仔也成为有生命的了。

当我们把铁皮箱子里的宝贝都一一看过后，我发现在箱子最底部角落中静静躺着一盏油灯，问起缘由，蔡龙溪说：“这是我年轻时代演出用的油灯，已经有六十年不用了。”说着，他提起油灯的耳，叫我看那一盏因长期燃烧而熏黑的灯身，格外叫人感觉古旧中有温馨。

“最早时，演皮影戏是用油灯，在幕后把戏尪仔投射在幕上，虽然没有现在这么清楚，但是比较有趣，后来发明了电土（电石灯），又改进了一些，现在是用四个二百五十烛光的电灯，比起古早当然是进步多了，但是这一盏是我年轻时用来讨生活的，舍不得丢弃。”

在蔡龙溪的皮影生涯中，并不是一开始就黯淡的，日据时代对地方戏剧固然有重重限制，由于百姓对日本人的抗拒，偏爱戏中的忠孝节义，使得皮影戏得以维持不衰。光复以后，因为有无数人于日据时代曾许过“如果台湾能光复，就请一台戏感谢神明”的愿，所以皮影戏和其他地方戏一样，都曾大大地兴盛。蔡龙溪在这一段时间带着他的戏箱子跑遍了全省各地。

近几年来，受到经济形态转变的影响，电视、电影、广播相续打进乡间，地方戏剧不再是人们的主要娱乐，便免不了日渐寥落。尤其是皮影戏，它一直维持着原有的形貌，用潮州口音唱曲，按照历史原原本本地演出，年纪较轻的人已经很难看懂，看懂的老年人又相续去世，原来和歌仔戏、布袋戏鼎足而三的皮影戏因此更难存续了。

蔡龙溪的晚年并没有因皮影的没落而凄凉，由于他是台湾皮影戏历史的活见证，有一阵子曾成为许多研究皮影戏的学者重要的被访者。他曾应邀在东南亚各地演出，甚至远至美国、法国、意大利、荷兰各国演出皮影戏，造成轰动，我们从蔡龙溪身上确实可以想象他在国外演出时的神采飞扬。

近几年，还不断地有外国的学者来访问他，把他的皮影戏拍成电影作为资料。蔡龙溪谈到这些往事也不禁自豪：“我的皮影戏都被美国、法国拍成电影收藏。”他的这段话却引起我的心伤，对于整理皮影戏，我们到底做了些什么，为何要让外国人来记录呢？

光就蔡龙溪的皮影生涯，我们自然能感知他辉煌的一面，他也说过：“皮影戏是我的辉煌。”但是从整个皮影戏的发展观察，它的前途是堪虑的，也许正像蔡龙溪手上拿的那一盏油灯，总要被其他新的东西取代了。

去看蔡老先生那一天，本来是带着欢愉的心情，谈了一下午，心情反而沉重起来。尤其是看到为皮影戏辛勤奔波一生的人，到老，竟只能守着两只沉重的戏箱，每日与斜阳相对。他前面的皮影艺人已经无存，后面又没有承继的人，纵是叱咤一世，午夜梦回之际，恐怕也要黯然吧！

自然，蔡老先生也和我谈到日后皮影戏的前途，我们都非常悲观，因为到今天二十岁以下的年轻人已经大多不知道皮影戏是什么，遑论以后了。即使中年人也是一知半解，只能欣赏戏尪仔在台上生动的表演，更深刻的剧情和唱曲也少有欣赏的人了。

面对这种一日坏过一日的景况，我听到蔡龙溪讲他的一生，无端地想起“绮罗堆里埋神剑，箫鼓声中老客星”两句诗来，也想起他拿的那盏熏黑的油灯，仿佛自年轻照映他到老年，连油灯也免不了有些苍老黯然的影子。

蔡龙溪的耳朵很背，我和他谈天全是大声吼叫，声音几乎要哑了，回程时，我看到静静躺在道旁的一辆破牛车，车轮已被拿走。这两种景象叫我思及——如果我们的社会对地方戏剧已经患了重听，谁来大声疾吼呢？如果我们的地方戏已经是一辆破旧失了轮的牛车，谁来安装车轮让它继续前进呢？

或者，我们愿意让皮影戏像记忆沉埋，数十年后也如蔡龙溪回忆那一点点昔日的辉煌？

大甲妈和她的子民们

风雨的归程

南台湾初夏燠热，到夜晚忽然下起雨来。

在细细琐琐的雨声中，我们可以听到比雨声更壮魄、更绵长的脚步声。走在人群中，那仿佛是站在海岸边听海洋的潮音，很坚决地落实在柏油路上，使凌晨的马路在冷雨中也显得十分温热。

路两边是中部大平原一望无际的禾田，传来远方青蛙的鸣叫，将近一万人的大甲北港进香团步行的人群，没有什么交谈的声音，大家只是默默前行，在多风雨的田路上，默默前行。

这时候走在人群中的我们会深深感知自己的渺小，因为所有来进香的人的生活，绝对都比凌晨的赶路来得舒服，但是他们的价值标准不在这里，他们的价值在队伍的最后面

——妈祖的神轿上，他们只是用诚心和愿力来陪伴他们的妈祖回北港进香。他们都是活生生的生命个体，此刻行进时，他们却只是虔诚的随香客。

走在大甲北港进香团的队伍里，所有人间的情感在此刻显得多么无告呀！如果人间的爱是一间温暖的小屋，妈祖的愿力便是晴朗的光源，使他们走出小屋时也能感觉光明就在身边。于是，他们的爱与信仰不只表现在祈祷和跪拜上，而是他们穿着薄衫在空旷的野地躺睡，忍受临晚的冷寒和蚊子的叮咬；他们穿着布鞋长恒虔敬地前行，一任脚底磨出水泡；他们因有妈祖，人与人间有一种无形的亲和力。

这种种，都是由于随香客的胸中有一盏明灯，照耀他们前行。

台湾最兴盛的北港妈祖，每年到农历三月二十三妈祖诞辰前几天，来自全省各地的四百余个进香团便拥到北港进香，其中最盛大、最感人、最惊心动魄的一个进香团是大甲镇澜宫的进香团。

由于交通事业的发达，其他的进香团都是坐轿车或游览车前来北港，只有大甲镇澜宫百余年来还传留着步行的传统。他们放弃了交通工具，用天生的双足一步一步走向北港，他们认为，唯其这样才能表示他们对妈祖的诚心，也唯其这样，他们许的心愿才能一步一步地落实下来。

据乡民们的说法，妈祖是海的守护神，也是雨神。每年，大甲妈祖到北港时，沿途总会下几场雨，这正是刚插完秧最需要雨水的时节，农民们看到大甲妈带来的雨水，禁不住满心的欢喜。但是随香的人群就不免要受雨淋的苦了，他们一组成进香队伍，就是狂风暴雨也无法阻挡他们的去路。

也许，大甲妈真是有她的灵气，年年到北港进香，总要如应斯响地下雨。所以每年她的子民们都要在雨中走这条进香的路。又，大甲妈祖到北港是回去谒祖，通俗地说是回娘家。大甲妈祖踏上她回娘家的归程，因为在雨中，更体现出她震撼人的魅力。

起驾的前奏

冲天炮向上跃起晶明的七彩。

急促的锣鼓声夹杂着猛烈的鞭炮声响动开来。

一串长长的呜呜的号角向远处拉去。

妈祖要起驾了。这个讯息霎时像绵绵春雷向四周快速地散布开来，大甲镇民就像在烈火上熬煮了许久的一只大锅，顿时沸腾起来，大部分人都蜂拥到镇澜宫前面，人挤着人，找不到一丝丝空隙。

这个兴奋的讯息对大甲镇民太重要了，他们已经足足等待了一年，自从去年进香期过后他们就开始计划筹备今年的进香事宜，甚至比过年还要重要得多。

大甲镇和它邻近的外埔、大安、后里三个乡的民众，一年来都过着平静纯朴的农业生活，生活的节奏是缓慢而闲适的，只有在进香的这段日子变得急速而兴奋。从小处看，这固然是对妈祖婆的虔敬的愿力；自大处观，则是整个生活的平衡及调剂。

当起驾讯息传开后，群集于镇澜宫一万余位准备随香的信徒们早已兴奋地伫候着，其中包括将近五千名步行的香客，还有五千余名搭乘脚踏车、摩托车、小货车、三轮车、铁牛车、耕耘机以及残障者乘坐的轮椅的香客。他们经过镇澜宫妥善与细心的安排，有序地群集在镇澜宫四周——他们这种进香启行的安排，已有百余年的经验了。

在更早的下午时分，有经验的进香客都在家中小睡后，才到庙中烧香准备出发，随同妈祖前进的神职人员大轿班、执事、绣旗队、神童团、庄义团等则蜷曲在长板凳或地上，养精蓄锐准备着接下来的长途跋涉。

所有随行的香客都应该携带一面香旗，香旗是绣满彩线的小三角旗子。参加进香前应先到庙中烧香祈求保佑进香的平安，然后在缭绕的香炉上绕圈，再在寺庙中向上连举三次，它象征妈祖的神灵已降在旗上。

持着香旗，背着远行行李的香客们在庙前摇动进香旗，发出沉厚悠远的铃铛声，护送与随侍妈祖的神职人员早就排好队伍，安静地等待子时五分妈祖的起驾。这时钟鼓鞭炮齐响，哨角长鸣，原先站着的信徒们都拿着香和香旗伏跪在地，在灿亮的街灯上，香头上的微火像是一张密密织成的丝线，覆盖在大甲镇的骑楼、马路，甚至田地上。

就是这一刻的跪拜。

就是这一刻妈祖无言的起驾。

已经有足够的力量支撑他们迈开大步，接受两百公里长路的严格考验了。

黑夜里也是亮的

我随着进香的人潮前进，大甲镇内几乎家家户户都摆出了供品，每家都挂着长长的鞭炮。从妈祖起驾的那一刻，鞭炮声就没有断过，炮声如同远方流来的汹涌大河，冲击得气氛热烈而紧张，在紧张中又自有一种绵密的细致。

大甲妈进香时的队伍十分严整，它是一个相当有组织有计划的队伍，它的秩序是这样的：炉主头家车、宣传车、符车、机车队、脚踏车队、神童团、庄义团、绣旗队、三十六执事、哨角队、銮舆、随驾步行队伍。它当然不是很呆板的齐整，而是在随意中有一种自发性的秩序。

进香团抵达一个村庄时，所有的炮都集中在前半段的神童团与庄义团，鞭炮制造出来的气氛使得整个队伍充满神秘的兴奋，香客的脚步也随着这种气氛而变得更踏实而有力量。

可是，当妈祖神舆前的绣旗队与手执各种武器的三十六执事接近时，鞭炮就不再放了，因为鞭炮是用来驱逐在妈祖前路的妖鬼邪魔，告诉妈祖即将驾临，请它们回避；此外，当然有极高的庆贺作用及对妈祖的欢迎，等到妈祖神舆一到，所有欢迎的人都忘了放鞭炮，只是虔敬地低头默祷，甚至跪拜下来，伏乞妈祖的佑护。

整个进香的队伍就明显地分成两个不同的部分，前半部炮声轰隆、热闹喧哗，后半部肃穆悠远、宁和平稳，这种区别却不是冲突的，它不但隐含了很深刻的节奏美感，也含带了信徒们在面对妈祖时的又惊又喜。

我们在大甲镇环绕时，全部的节奏就这样在既有趣又动人的情况下进行。

可是妈祖最深切的动人处，犹不在她绕行人多口杂的村镇里受到的震撼的迎接，而在她步出栈镇走向偏野的田路时，才是最铭心刻骨的。

大甲妈起驾进香的日期自然是早就传遍了中部大平原的

每一个角落，尤其她会行经的村庄，更是早就做着迎圣的准备，人们算好了时候，备候清茶素果祈待着妈祖的来临，香烛也是早就点好了。由于欢迎的村庄通常拥挤和过分热诚，使妈祖往往无法按时抵达预定的地方。

伫候她的子民们只好在冷风中引颈而望。

凌晨，黑暗的夜路旁，经常有一个离群索居的人家，一家大小都站着等妈祖，远远看只是两只烧得正旺的烛火，以及摇动的微细的香头；一走近，才发现烛火旁有几张相似的虔诚的脸容，闪动着坚定有力的眼神。

当他们远远看见妈祖的神舆，脸上就绽开了一朵含羞如同春天刚刚开起的花的微笑，这笑，是自心里张开到脸上来的。

最后，看到轿子的一刹那，他们的双膝自然落地，仿佛是久远离家的子弟见到亲长，所有妈祖信徒的儿女们长大后定永远不能磨灭幼时在母亲的怀中，在父亲紧握的手中，在老祖母裙袄旁见妈祖的一刻。

那个黑暗里闪烁金光的景象，会使我们胸中有一种无限量的宁定，那是再风狂雨暴也无法动摇的磐石了。

我走过乡路看到零散着跪迎的人时，那种谦卑的专执使我感动，于是知道妈祖点在人们心中的灯火在白天亮着，在黑暗亮着，无所不在地亮着。

为了见妈祖，冷风算什么呢？

一年来生活的苦又算什么呢?

城市里的妈祖经验

今年大甲镇澜宫的进香仍和往年一样有一定的路线，它的行程都有周详的计划，并且必在路过的妈祖庙住驾以供乡民朝拜，它今年的行程是这样的：

第一天：大甲—清水—沙鹿—大肚—茄苳—彰化。

第二天：彰化—员林—永靖—北斗—旧眉—溪州—三条圳——西螺。

第三天：西螺—吴厝—二仑—虎尾—大屯—土库—北港。

第四天：北港朝天宫住驾。

第五天：北港—土库—大屯—深坑—吴厝—新安—西螺。

第六天：西螺—水尾—溪州—大桥—北斗。

第七天：北斗—永靖—员林—花坛—彰化。

第八天：彰化—沙鹿—甲南—大甲。

自整个行程表来看，大甲妈的进香所经之地几乎全是乡镇，乡镇的人口与结构致使它们在欢迎妈祖时具有相同的特色，其中最有趣的一个地方自然是比较繁荣与进步的彰化市。

我们看妈祖神舆路过彰化这个都市时，至少会兴起以下的几个问题：

具有一千多年历史的妈祖路经现代都市时，是什么样的景况呢？

都市的民众在面对及欢迎妈祖时，究竟与仍停在农业社会的乡民有何不同？

工商业的都市与妈祖到底是不是冲突的呢？

我们只要跟随妈祖到彰化市去走一趟，答案就出来了。

其实，彰化市民欢迎及信奉妈祖的本质是相同的，它的形式甚至比一般乡镇犹有过之，因为它的人口更广众，居住密度更高，它外貌上的热烈还胜过乡村几倍。

当妈祖第一天夜里在彰化住驾、起驾，就在市中心附近的天后宫，每家商店都挂了鞭炮鸣放起来，浓厚的炮烟竟使五公尺以外的事物完全被遮蔽了，甚至看不清夜里天空的繁星。

本来预定在凌晨一点离开彰化的行程，由于鞭炮的热烈，及人们疯狂的趋拜，使得离市时间搁延将近一小时才完成。妈祖足迹所至，老少妇孺、少青壮年纷纷跪拜，那都是不用言诠的，几乎已成为一种反射作用。

看到彰化市民迎妈祖的盛大场面，我们可以断定妈祖不只是在乡镇有力量，在城市里也不会丝毫逊色，它这种可贵的城市经验使我们预见且相信，妈祖与现代化的进展是不冲突的。

我们由这种城市也观察到，中国人传统中承续老文化的韧力，以及宗教血缘流传的关系，是保留在中国人的民性当中，而不是农村社会特有的产物。

我愿跟随妈祖婆

在这次五六万人的进香行列中，随香步行的将近五千人，也许有人会认为他们用这种苦行来追随妈祖是疯狂的举措，只要我们深入内里就会发现在疯狂中自有情感的信念与理性的沉思。

我深深为这些在随香时几乎忘记自己是个活生生的生命体，只记得自己是妈祖的子民的人而感动。

他们为什么放着家里的活儿不做，来跟随妈祖呢？他们用什么样的力量支撑两百多公里路而毫无怨尤呢？尤其他们行进的时间都是凌晨子时，他们如何能在疲累中犹心无旁骛地虔敬呢？

我在步行聊天之中找到几个个案，或者能为这些神秘的问题做注脚。

大甲妈祖的神迹在中部乡下流传已经很久了，乡民们也用最大的诚心来相信她。这次随香团中有一个很特殊的妇人，她带着二十岁刚自学校毕业的大女儿和出生仅八个月的二女儿前来，而且自始至终都紧紧跟随妈祖的銮驾，她是居住在台中市北屯区的林滨璜女士。

她告诉我："我是还愿来的。"

为了还愿，她去年怀着六个月的身孕，仍然追随妈祖走完全程。她表示这也没什么，为了让妈祖婆高兴，再艰苦的情况下仍然要来。

问到为什么要还一个这么大的愿，她一开口泪珠滚滚而下，说起她唯一的儿子不学好，已经走失多年了，她访遍全省各地都无法找到儿子的踪迹，最后，一个亲戚告诉她："听说大甲妈很兴，你何不去求求，说不定有效。"

她于是从台中来到大甲，跪在神坛前向妈祖求告，并许下愿望，如果能再找到儿子，愿意终生步行随香。她说："当天晚上我在家中睡觉，忽然梦见妈祖婆来托梦，说：'你的儿子两天后会自己回家。'过了两天，我在台北工厂做事的儿子果然自己回来了，我问他怎么知道回来，他说：'前天晚上妈祖婆来托梦，要我今天回家，不要再让妈妈担心。'"

在妈祖婆的神力之下，林女士终于达成与儿子见面、全家团圆的愿望。她本来是不信教的，从此不但她信了，她的全家信了，连亲朋好友都信了妈祖，也因此，大甲妈回北港进香的行列就一年比一年壮大了。

同样感人的还愿，我遇见从清水镇来的卓清六，他与八十二岁的老母亲一起来进香。他说："三年前，我老母身体不好，经常患病，我就到大甲镇澜宫烧香，祈求妈祖保佑母亲的健康，结果很神奇的，母亲的病因此好了起来，我们是普通人家，没有贵重的东西谢妈祖婆，只好随香走路来感谢妈祖婆。"

卓清六的老母更是激动得说不出话来，好久才说："如果不是妈祖婆，我这条老命恐怕早就没有了。"

来参加步行随香的人大多是还愿来的，所以我们不能以迷信来看它，仿佛在一个我们未知的角落果真有迷人不可抗拒的力量，那是与伊斯兰教徒的麦加，基督徒的耶路撒冷，印度教徒的释迦圣地相同的力量。

是不是人的精诚意志力果真能与神灵沟通呢?

大甲妈对我特别好

当然，随香的大人潮中并不是每个人都为了许愿还愿，更多的人只是一心虔诚，希望借进香活动来保佑阖家平安。

六十五岁，来自台中市的吴蜜女士跟妈祖走了三年，她的家境很好，儿女都成家立业，才有闲空来随香。她说：

“我家小时候就拜妈祖，我来进香是请妈祖保佑我们阖家平安大赚钱。”

六十岁的詹德时老先生的情况是，他父亲自他小时就带他来进香，父亲死后由他接棒进香，日后他仍会把棒子交给儿女，他比较起四十余年前的进香活动，走路随香的也不过才一百多人，现在增加了一百倍。

他把一切荣耀归给妈祖，并且为我讲述了一个西螺大桥尚未建好前，妈祖神舆显灵过西螺溪的情形。使溪水暂时不流，让神舆通行自然是不可能的，多少年来，大甲镇民们却深信不疑，难道对宗教虔诚的意志力也能移山倒海吗？

在进香行列中，有几位八十几岁的老人，来自吴厝庄的八十二岁林叶老太太，背已经驼了，耳已经聋了，她仍然要来进香。

林叶老太太有个悲惨的身世，她丈夫在她三十岁的时候就离她远去，她两个儿子中有一个是智障，另一个娶媳不孝，经常虐待她，就这样过着孤苦伶仃的岁月，只有每天晨昏她在妈祖婆面前烧香时才能得心灵的安慰与勇气，而妈祖进香，她自然是要来的。

她说：“我一年不来这里一次，不知道要怎么活下去。”

进香团中虽然有很多老人，却有更多年轻的一辈，他们大部分是家中父母的传续，小部分觉得进香活动很有趣，一方面春游，一方面又能保平安让父母高兴，便把春游的情兴和宗教信仰做了有力而密布的结合。

步行进香是很苦的事，每天我随团前进，到夜里或睡在庙中，或睡在廊下，两腿都已经僵硬了，还要在将睡未睡之际于哨角的长鸣中出发。每天的行程都是自夜里子时到第二天的黄昏日斜，平均要走十八个小时，比起军队里夜行军的苦毫不逊色。

他们并不怕苦。

走累了，喝一点香炉里的炉丹水，马上又有了体力；脚酸了、起泡了，用炉丹水涂在脚上，又能无所谓地赶路；休息时，一张防雨布就能安然入梦了。为什么有这么大的灵愿呢？许多进香人的言谈中都认为大甲妈对自己特别好，所以能劳苦无怨，或者只是这一念之间，已使他们有勇气与毅力走更长远的路了。

这是我的一点心意

大甲妈进香的焦点是她到北港的时候。

北港朝天宫组成盛大的阵头欢迎，在北港街头游巡的热闹自不在话下，更让人感动的是，第四天祝寿和第五天割火的两个仪式。

抵达北港的第二天的清早，是大甲妈的祝寿大典，仪式要八点才开始，天未亮时信徒们早已在庙里庙前等待了，所有的信徒均相信，愈是靠近妈祖，愈能得到妈祖婆的特别庇佑，所以离庙愈近人群愈是拥挤。

祝寿大典中宰了许多猪羊献给妈祖，并且在妈祖庙内虔诚地诵经，这时，大家把带来的焚烧的金箔堆在庙前，竟高积得如一座小山。典礼中有个三跪九叩礼，当锣声一响，群聚在庙前几达六万人的信徒一起下跪叩头，进香旗顶上的铃铛响动到远方都能听见。

我站在庙前的石狮子上拍照，按快门时看到跪伏着的人潮，心中竟无端地慌乱了，比起这些人来，我是多么渺小呀！而我，怎么可以站在石狮子上，不与他们一起下跪叩拜呢？

祝寿大典完后，我跟随烧金箔的卡车前往北港镇，堆积如山的金箔是吓人的。它用一辆十五吨大货车、四辆一吨半的小货车、一辆一吨二五的卡车、八辆铁牛车来装运，总计大约三十吨，在北港溪旁要焚烧一天才烧完。

这只是信徒们的一点点心意，北港溪畔熊熊的火光和庙前跪伏的人潮，都是一样的充满了热与爱的美，我们从中，似已看见了宗教信仰的元神了。

夜里的割火仪式，是八天行程中最重要的一件事，那一刻，北港妈祖将把圣火传给大甲妈带回，它意味着一种神威的交流，也含带了中国传统的伦理观念和血缘关系。

密密麻麻的人群里，终于分开一条道路，在哨角队和诵经团的引导下，北港圣火队携带着炉丹步行施施前来。

北港朝天宫的香炉旁放着大甲妈的香担——这香担也是随香挑来的——获准观礼的人都缄默地站立一旁，等待隆重的仪式开始。鼓声敲过后，主祭和陪祭们全顶香跪于大殿，诵经团诵念北斗金刚经后，由朝天宫的住持和尚宣读疏文。庙门关闭，所有的信徒都长跪在庙外。

疏文一一焚化于香炉中，里面记载的是有功于这次进香的信徒姓名，主持和尚待疏文和金箔纸焚烧完毕，便持铲将香炉中的灰铲起放在大甲妈的香担中，封上“北港天上圣母护国庇民本月十四日封”的封条。香担便自最里殿的香炉往外殿传送出来。庙外的数万民众看到割火仪式完成，均高兴地呼喝起来。

等到妈祖神像传递出来，也就把人心煮沸了，又是一个狂欢热闹的场面。

湖边的午宴

大甲妈沿途回来，比来时要热闹几倍，因为祝寿大典（当地人说拜天公）完后就开荤了，一路上便有各地善男信女煮送供应的大鱼大肉，以及欢迎完成进香各样阵头。

以回途的第一餐吴厝庄为例，吴厝朝兴宫后有一个大湖，当地居民款待随香客的方式是在湖边围成盛大的午宴场面，鸡鸭鱼肉十分丰足。我相信他们平日的俭省，使他们平常没有吃得像此刻招待陌生客人一样丰盛，乡下人对外客的诚意，因有妈祖而显得更深刻。

随香客很受各村庄的欢迎，他们一路吃回大甲去。彰化市的热烈招待更是盛大，狂放的鞭炮和趋拜，使原来十一点三十分离开的时刻迟延到凌晨四点才完成。

大甲妈回到大甲，是大甲镇上每年最热闹的一天，盛大观迎妈祖的阵头远到大甲桥上引颈迎接。当妈祖进入镇内，大甲镇的交通与商业往来全部停顿，人们那一刻只知道放鞭炮和拜妈祖，鞭炮甚至多到把许多人的长裤爆出许多碎洞。队伍仍是那么庄严而平稳地前进，如同打了胜仗的士兵，接受欢迎的场面一样。

大家疯狂地热闹着，一直到把妈祖送进宫门为止。

当天晚上，大甲镇家家户户开席宴客，任何人都能受到盛宴的款待，他们借此来庆祝进香仪礼的圆满完成。吃完这一餐，他们又有足够的勇气面对新一年生活的挑战了。

大甲镇澜宫的进香活动是盛大感人的，它多年来的重要，甚至使它对政治、经济、社会、文化产生领导作用。在政治上，每年镇澜宫进香的成败与否都成为民众在下一次选举投票时最重要的考量因素。

在经济上，每年五六万人到北港，最保守的估计需费每人五百元以上，五万人就要花去二千五百万元，每人七天不事生产损失二千元左右，就要损失一亿元以上。镇澜宫每年油香钱在一千五百万左右，流进流出之际，造成了大甲镇的繁荣。

它的社会影响，从好的方面说，是大甲镇民得以借此有很好的沟通，与邻近乡镇也建立良好友谊，有助于社会的亲和。坏的方面是，那七八天中大甲镇内的社会活动几乎完全停顿，造成一种别处不可能见到的真空状态。

文化上，大甲镇澜宫的进香活动使该镇的人颇有香火薪传的认识，并且使社会的元气蓬勃风发，远非别处可及。

所以，我们观察这次进香活动，确实应该有更多人来做深刻而理性的思考，使它在进行的方式上更合节而有效，在内容上更得到广泛的认同。

我唯一的寄望是，乡民们能把娱乐和情趣放到生活操劳中去，使全年都有衣食以外的事可做，不必全集中在这几天。

吼门海道的一颗宝石

步进了奇怪的梦境

在枯褐色的田中，几抹鲜的色彩最是令人心惊。八位蒙面少女正弯腰在眼见要枯了的田中工作，头脸全厚厚地扎了包巾，只露出细小的眼缝，包巾上缀满了红、蓝、绿、黄相间的条纹或碎花，纵在远处也格外地分明。

仿佛少女们不再是活生生的少女，而是一个特定的形相，一座在田中的雕塑。

一群麻雀自田间飞起，留下咻咻的叫声。

一辆老旧的牛车，静静地斜躺在远方，牛，悠闲地在车旁漫步。

我们把视线从远方移近，路两旁的花生田、番薯田、高粱田、玉米田像蜂巢一样，神秘地聚落着，叶的尾端全被灼热的阳光烧烤得焦黄了。

由于叶被烧焦成褐色，使田地上经营的作物虽然不同，基调却非常统一——一幅枯槁了的荒漠景象——好像仅仅一步，就步出一个青绿世界，走进了褐色的奇怪梦境。

去往小门屿的路非常奇特，虽是一条六米宽的柏油大路，在夏日的午后却无人无车，一个人放轻步伐走，宁静里，田中的蚱蜢也会受惊飞扬，发出响亮的扑翅声。

这是一条沉默而诡异的大路，也是渔翁岛通往小门屿唯一的路，路的尽头是孤悬在最北端的小小岛屿——在地图上看，小门屿形状像是一个做坏了的、横躺着的饺子。

玄武岩的小方山

步行的路大约有三公里，尽头处缩成一条两公尺半的小桥，成拱形。

我们远远看到小门屿，它像是一个绿色的平底木盘倒盖在海上，由于来路上奇怪的景观，反而使在炎日下的岛屿显得宁谧平和，走近了才看见它的嶙峋不平。

站在桥上，可以看见桥下清澈的海水中有瘦瘦的游鱼，在石隙和海草间嬉戏，巨大的淡红色珊瑚在水中，映着阳光，在海底幻化成奇异的倒影。

这时，一艘三马力的渔船自远方噗噗前来，缓缓地自桥下穿过，一条扩张的水痕便用力割开平静的水面，水面乱了一下迅即归复平静。

步过小桥，有一长列紧密罗列的怪石，竖立着像是无序的栏杆，成为头大身小的柱形，这些柱形并不连接，从横处又裂开，成一块块地相叠着。

每一块石皆有空隙，却找不到一个落脚的地方。

他们称为柱状节理和板状节理。

它们说明了土地成形的古老故事：当熔融的岩浆喷出地面时，熔解的玄武岩在一千摄氏度的温度下逐渐收缩固化，由于体积的干缩，玄武岩形成六面体的柱状裂线，叫作柱状节理。

板状节理则是岩石自表面渐渐往下冷却，又和下层岩石分裂而成。

这种景观据说全世界只有美国黄石公园有类似的地形。走过去触摸这些表面粗糙的节理状岩石，会让人感觉到大地生成的阵痛，也是小门屿献给游客的一个贵重的见面礼。

小门屿便是由柱状节理构成的小方山，面积仅仅半平方公里，周围三点五公里，是一个小得不能再小的土地了，可是如同鬼斧劈成的玄武岩在第一眼，会使人自心底涌起复杂的期待。

蜂巢田边的天人菊

穿过罗列的天然栏杆，顺着小门岛唯一的路径往坡上走，两旁都是用珊瑚礁堆砌的正方形石墙围成的蜂巢田，用来保护作物不受东北季风侵袭。

我觉得蜂巢田是渔民在土地上耕作的匠心独运，那些珊瑚石好像是漫不经心叠砌上去，竟能牢固地站立，而渔民用海里的石来挡海里的风，以便冬季无法在海中讨生活时，能固守陆上的一块土地，这是不是人与自然间的抗衡与调谐呢？

我遇到一位在番薯田中工作的老农妇（应该也是老渔妇），问她那些石头是怎样砌起来的。她咧开一口黑牙笑起来说：

“这简单，只要一块块叠上去。”

“为什么不会跌落下来？”

“任何一块石头都有它能相合的另一块石头，如果能找出相合的地方就紧咬着不放了。”

老妇为她自己的答复满意地笑起来，并且自信地说她虽然七十五岁了，一天努力叠也可以叠起一堵蜂巢墙。

“少年郎叠得没有我快，他们老是拿着两个凸石摆来摆去，就不会想到换个凹的。”

老妇自小耕作到如今，因为在小门，男人都与大海搏斗去了，只遗下妇女和孩子种播土地，老妇说：“出海卡艰苦啦！种作卡简单啦！”

到底，出海与耕作哪一样是轻松的？哪一样不是血汗换来的收成？

这或许只是老妇自己一个人的生命哲学。我们在炎日下的番薯田中蹲着聊天，看她掏着较细嫩的番薯叶要回去煮菜，仔细地捆扎着叶子说：“这真好吃哩！”皱纹被她咧开嘴笑挤得更紧密更深刻了。

我忽然看见蜂巢田的角落边有一株野生的天人菊，花虽仍然鲜红，有几片花瓣已经掉落了，剩下的几瓣在海风中轻轻地摇荡。

开花地上，土中结果

“不要照，不要照。”一位中年妇女惊急地用手遮掩着脸，她的手上还抓着一把带着泥土的花生。

我把相机放下，她才松了一口气似笑非笑地说：“歹看啦！整身都是土沙。”

从一块块的蜂巢田登上来，最上面的平台是一大片花生田，两位中年妇女正带着四个小孩在收花生，另外两个小小孩拿着花生杆子在田中追逐。

小门屿的花生树和它岛的形状一样，不是直立地站着，而是向四旁扩散匍匐，一棵棵恋爱着土地，花生田也由于茎枝蔓延，显得株株都纠缠在一起。

问到妇人为何此地的花生长得奇怪。

她笑得很开心，说："台湾花生是小粒种，我们这里的花生是大粒种，他们一年能收两次，我们只收一次。"

后来我查农业书籍，知道台湾的花生是Spanish型，种子没有休眠性，开花两次，荚果成熟期早，脂肪含量高，一年可植两期。小门岛的花生是Virginia型，种子有休眠性，荚果成熟期晚，脂肪含量低，一年一获，每期开花竟达五到六次。

我想到，或许小门岛的花生是一种长期的阵痛才生出来的吧！

妇人又告诉我，台湾的花生和小门岛的花生有一共同处，就是它们都在地上开花，在地下结果，也就是"落花"才"生"。

花生，是奇特的作物，它的开花和结果，最能使我们感知土地的重要——它自土地出发又回到土地去。有些没有钻入土地的，果实就萎缩，仅留下一具空壳。

我们走远了，才用望远镜头将妇人的姿影摄入，在稍偏斜的日光下，妇人的影子投在地上竟像一颗大粒花生——狠狠地插入土中。

平坦的沙滩，罗列的渔舟

翻过高高的花生田，映在眼前的是一个平和安静的沙滩，像两只伸出手臂的防波堤，拥抱着清浅的海水。如果沙滩是一位躺着的人，渔舟便是依偎在他胸前的肋骨，防波堤亲热地抱着它们。

这是夏日炎热的午后，小门岛的男人安眠了一个上午，都到海边上整理他们的渔舟，准备晚上出海与风浪搏斗。

他们把晒在岸边的渔网收拾好，自家里提着聚鱼灯到舟上，有几位还启动了马达，在海里试航。

“出海了？”我凑上前去。

“要天黑了才走。”

然后我就和他们谈到渔民的种种甘苦，他们免不了抱怨连声，只是这些抱怨是出自微笑的脸，不致让人觉得太凄怆。

小门屿只有四十六户人家，由于人数少，所以他们不像其他的渔民单独作业，他们极其有敬业精神，经常联袂出航，互通有无，因此彼此间充满一种不必言说的感情，在海上连成一条紧密的线，世代传承下来。

所有的小门人生活都很单纯，男人出海捕鱼，小孩钓鱼挖蚵，妇女耕植花生番薯，小门屿就在这样的生活里一步一步踩过他们生命的岁月。

用珊瑚盖房子

如果我们老是误以为珊瑚是贵重的饰品，就很难想象拿珊瑚盖房子的情况了。

小门沙滩旁就是岛民小小的村落了，里面还保存了少数澎湖群岛早期用珊瑚盖成的房子，他们把这种由珊瑚堆积成的珊瑚礁建材称为硓砧石。紧密而不规则的排列，使墙面有一种零乱的美。

有一位瞎了一只眼睛的老人，正在他的珊瑚屋子前逗弄两个小孙子，老人的屋子前堆了很多干花生梗，他的房子是小门最美的硓砧石房子。

他请我们到房子里坐，由于窗户又少又小，使房子的采光很差，整个房子阴暗而森冷。老人说：“海边仔人，暗一点有什么关系？”

这座大约十坪大的房子，老人在年轻时也曾亲手堆砌，他叫我们来看一看这种房子，盖硓砧石房子需要相当的技巧，才能使它嵌合牢固，如果算工资，要比一般砖造房子贵好几倍哩！

老人说了一句颇有意味的话，来说明硓砧石房子的优点：“风吹不进来，空气却是流通的，所以能冬暖夏凉。”这大概是珊瑚多孔性的最大作用了。

我想到，硓砧石房子经久不坏，费时工巧，也冬暖夏凉，但是它最大的意义应该是印证了就地取材的天经地义。

山上的人用木头盖房子，平地人用土块盖房子，海边仔人用硓砧石盖房子，因此各地的人与物都有独特的景观，可惜的是，景观的特色面对现代化的进程不免也要消磨了。

泰山石敢当

在古老与新式房屋掺杂的村子里，最触目惊心的应是家家户户门前，几乎全挂了八卦、狮头、七星剑等色彩鲜明、撼人心魄的辟邪物，散发出诡秘的气息。

每一个“辟邪”各有不同的特色，一路走过来，仿佛挂在门上的八卦或狮头不是静息的，而是在屋上跳动。

村民说，小门屿以前因为孤悬海外，经常有一些风灾、水灾、瘟疫等祸害，这些都是厉鬼在作祟，为了驱邪避凶，就挂起“辟邪”，而且流传到今天。

我也曾在南部乡下看过门上的狮头、八卦、七星剑，但是没有小门屿让人感到民间传承的深不可破。它不但屋上有辟邪物，在面对海的前山后山还罗列了很多用来辟邪的泰山石敢当石碑、宝塔、石狮、阿弥陀佛碑。四种驱邪镇煞的宝物。

问了几位村民，他们只知道那是辟邪的，经常去烧香，并不真正知道它的起源。据我推测，石敢当应该是起于中国的道教思想，泰山的雄伟使人们认为泰山里有无边法力的山神，可以镇压任何厉鬼。

阿弥陀佛碑很显然起于佛教，石狮也是佛教传法音“狮子吼”的象征。

七层宝塔则可能是起于《白蛇传》中，法海和尚以雷峰塔镇千年白蛇的传说。

这些推论虽然没有明确的证据，倒是相当合理，如果是这样，也可以看到中国传统民俗中蕴藏的丰富了。

小门屿一个八岁小孩和我们一起走到宝塔旁边，他问我：“你敢靠在宝塔上吗？”

“当然敢。”说着，我便靠在塔上照了一张相留念，没想到小孩子竟竖起大拇指说：

“你是个好人，我爸爸说坏人靠上去会黏在上面，爬不起来。”

我笑了起来，心中却是严肃的：民间教化确是有它可惊可畏的一面，而石敢当背后更有一股博大而丰富的意义——它是生活的。

吼门海道的一颗宝石

小门屿步行的终点是鲸鱼洞，位于小门屿的最北端，在一块高耸拔尖的海崖下，怪石嶙峋散乱地堆积着。

鲸鱼洞自然无鲸，形貌也不似鲸鱼，倒是它张着的巨口有一种庞大的气势，穿望出去便是无垠的大海了。

鲸鱼洞的岩石是黑褐色的，入游其中，便把炎炎夏热抛在外面，洞的色泽与厚实使我们心中涌起一种无比的凉意。足下就是海了，海浪冲在石上，形成晶白色的浪沫，与黑色石洞相对，特别有情趣。

我们登上洞前的高大海崖，竟看见洞后的石壁削斩成一片险峻平滑的板状，真让人深感大自然的神力。

最后，我们就坐在海崖上看夕阳沉落，天昏了犹在海边拾贝挖蚵的妇女，在斜阳红霞映照下有一种美丽的姿影，她们的频频弯腰更使那种美显得深刻、鲜活。

四顾我们走过的仅有半平方公里的小门屿，几乎已看见了整个澎湖景观与生活的缩影，我感觉到，如果澎湖的美是一顶辉煌的皇冠，小门屿便是镶在冠上最亮最珍贵的一颗宝石。

到澎湖不到小门屿，算不得知道澎湖；到了小门屿，即使没有走过澎湖其他地方，也就知道澎湖了。

海的儿女

不是普通名词

“老师好！”

“校长好！”

一群穿着整齐制服的小学生，从操场的那一边奔跑过来，白色上衣配在褐色的皮肤上显得特别耀眼晶明。他们跳叫着，踩过铺满海沙的操场，有一股生命的活力扬动。

有的跑过来牵老师的裙角，有的拥着他们的校长，那一股亲热劲，在都市中世故而拘束的小学生身上是难以见到的。

他们那么爱戴老师，和老师如此亲热并不是没有理由的。

校长和老师四个字，已经是社会上最普通的名词，哪一个人成长的过程中，没有受教于一群老师？没有替换过几任校长？可是，在这个海岛上，有老师有校长却是两年前才有的事，因此在这里，老师与校长不是普通的名词，而是既珍贵又崇高的具象。他们不仅担任着传布知识的工作，而且还是文明与非文明的显著分野。

在大仓这个小岛上，校长与老师也不是随便可以担当的，他们必须抛弃文明的大部分享受，远离自己的儿女，应付及解决环境的问题与困难，他们还常常冒着凛冽的冬风，躲在蒸腾着柴油烟味的船舱到学校上课，甚至在没有船的时候，涉着两千公尺远的海水，来为渴求知识的儿童讲课。

当我看到小学生们以真诚炙热的情感拥戴他们的校长与老师时，我知道，这种毫不隐藏的爱是用一点一滴的血汗灌溉成的，丝毫没有一些侥幸或虚假的成分。

尤其是看到老师们的欣慰表情，我深深地被感动着，他们身上的担子，并不是一般老师担当得起来的。

海围成的知识堡垒

大仓岛是一个三级离岛，正好位于环形的澎湖群岛中央，总面积仅有一六点五平方公里，唯一的交通工具是渔船。

我们之所以到大仓岛，是知道那里有一个超级迷你的小学，只有学生四十人，想去一探究竟。

我先找到居住在澎湖马公的大仓小学校长吕石焜，那个午后他正好从小学涉水回来，脸颊和手臂被阳光烧炙得红通通。他说，大仓小学并不是想去就能去得，要涉水而过只能等退潮，若要搭船不但要等涨潮，还要等船。

我们只好在澎湖本岛住了一夜，等第二天从大仓岛来马公镇卖渔货的船只。

很幸运地，我们搭上大仓村长陈铜的渔船，据说那是一艘十六马力的机动渔船，已经是岛上最好的“客轮”了。

村长夫人从舱内端出一盘昨夜刚在海里捞到的小管鱼请我们吃，我们便以小管为小菜在船上闲扯起来。陈铜已经是二度连任大仓村长了，他世居在大仓，问到大仓的历史，他也不清楚，有些腼腆地说：“从我祖父的祖父就开始住在大仓，恐怕有两百多年的历史了。”

可是一谈到大仓小学，他就掩不住兴奋的神采了，认为那是在他任内完成的最大一件事，“我的大儿子因为以前没有大仓小学，只好送到高雄去念书，现在二儿子就在大仓读书了。”

确实，大仓小学的成立使渔民放下一桩心事，大家所担心的子弟教育问题终于获得解决。

与我们同行来的教育局科员李世义，谈起澎湖县政府办离岛教育的决心，澎湖有六十四座岛屿，其中二十二座有人居住，现共有中学十二所，小学四十四所，做到每岛必有学校的程度。

以大仓小学为例，大仓岛的条件是不足以成立一座学校的，学生人数仅四十人，顶多只能凑成三个班，教育局要聘老师、盖校舍、宿舍等等。目前每个月的经费约六万元，即每位学生平均受惠一千余元。

“但是，即使只有一个学生，学校还是要办下去。”李世义说。由大仓小学的创办，我们也可以体会地方当局办教育的决心了。

船抵大仓码头，我们远远即望见岛最南边的大仓小学，是全岛中最魄大最齐整的洋房建筑。它的左边是海，右边是海，后面也是海，只有前面一个操场，一畦花生田，以及一条小小的街道，街两旁错错落落地散着几间平房。

村长陈铜一边系着船缆，一边大声说：“这就是整个大仓了，一眼望到底。”

仅仅那样望一眼，岛上地势最高的大仓小学像是一座堡垒，一座可贵的知识堡垒，高高地建筑在荒漠的海岛中。

淳朴的大仓岛

学生们正放暑假，为了等他们的返校日，我们在海岛住了一天。

大仓岛的居民仅有二百六十八人，全部以捕鱼为生。

仅有的两个公务员，一位是村干事，另一位是维持治安的警员。因此大仓岛民的生活方式与作息时间都是相类似的，全村也表现出一种单纯宁静的气氛。

渔民与大海搏斗的精神，长久以来使他们有坦荡而乐天知命的胸怀，我们从唯一的一条街路走过，所有遇见的人都和我们热烈地打招呼，像是许久未见的老朋友。

村长陈铜告诉我，渔民勤劳的天性并不是因为生活艰苦，而是祖先留下的生活习性，驱使他们不断地要出海去。他说："我前几天和大儿子出海，一个晚上捞了三万元的小管，便是一个公务员三个月的薪水了，所以我还是要出海，不出海在家孵得出豆芽吗？"

大仓岛的土质极劣，全岛铺满贝壳，只能种出花生和番薯两种经济价值很低的作物。我谈到可惜岛上不能种什么东西，陈铜又有他自己乐天知命的说法："农民有地，大海就是我们的地，他们要种几个月才收成一次，我们每天都有收成。"

因为没有副业没有竞争，大仓岛民两百年来都过着一样安静的岁月，一代一代传下来，捕鱼便成为他们生命的全部了。最让人吃惊的是，两百年来的大仓岛，从来没有抢劫、盗窃、风化案件，甚至连打架都很少，这到底是什么原因呢？可能是与他们全心全意投入大海而产生的淳朴民风有关吧！

吕石焜校长说："大仓岛儿女的品德不必教育就很完美了，可惜村民因接触有限，学识微薄，使儿童没有适当地受知识教育，如果教育发展了，大仓岛将成为一个世外桃源。"

吕校长的理想是借由大仓小学的成立，来带动求知的风气，使学生与岛民在无形中都受知识教育。两年来，这方面已经有了显著的成果。大仓小学五年级的陈文传获今年澎湖全县小学讲演比赛第一名，大仓小学学生的集体制作在今年也得到全县科学展览第三名，真是不容易。吕石焜校长也在筚路蓝缕中为大仓岛民开辟了一条通往知识的路。

我们从码头开始，沿着海岸步行，大约半小时已经环岛走了一圈，平缓的海岸使大仓午后出奇地宁静。我看到一对祖孙蹲在花生田收花生，一位母亲带着两个儿子提网到海里捕石斑鱼。他们的姿影逆着阳光，美得仿佛一幅经过设计的边光摄影。

海岛一乐园

今天是大仓小学放暑假以来第一个返校日，我们一早就等在小学的操场里，看到小学生们一群群从门口雀跃着进来，一路就叫着老师好！校长好！客人好！黝黑的脸上展现出天真而有礼的笑容。

目前大仓小学有三个班，分别为一年级十三人，三年级十八人，五年级九人，每两年招生一次，明年变成二、四、六年级。吕校长说：“这是学生太少的权宜之举。”

大仓小学的教职员总共有五名，除了吕校长，他们分别是教导陈金团，老师王文信、许莲琴、林清茶。这些老师都是师专毕业的资深教师，家并不在大仓，他们却都住到大仓小学的老师宿舍中来，不但教育孩子，朝夕生活也和孩子们打成一片。

“我相信，我们这里老师的身教是比别地方好的。”吕校长说。

校内的每一位学生姓名，校长和四位老师都能一一叫出，并且对每位学生的家庭也了如指掌。长期居住在大仓岛上，使老师不仅和学生生活如胶似漆，也和所有的村民成了很好的朋友。

渔民们白天都到海里讨生活，因此，老师不但教孩子，还负责照顾他们的午餐，四十位学生全部在学校开伙，与老师同进午餐，这也是别的学校所没有的。

“这种与学生一起吃午餐的活动，不仅是在帮助村民照顾孩子，至少还具备了三个意义：1.培养学生的卫生习惯。2.师生能培养更浓厚的感情。3.保证学生的营养及发育。”吕校长说。

返校日的活动与平常上课相同，升旗的时候，学生们仰头静肃地敬礼，在天真中又另有一种可爱的神采。

然后学生们把暑假作业交给老师批改，各班老师带着自己班上的学生展开唱游及运动，一年级在教室中玩司马光打破水缸救友的故事和捉迷藏；三年级在操场上跳土风舞；五年级则在球场上打篮球。霎时间，整个学校处处都掀起欢乐的笑声，在那么小的空间里，笑声更为凝聚而感人。

我看到打篮球的一群学生，因为篮球场毗邻着大海，一不小心球就滚到海边去了，学生们蜂拥着去捡球。站在远处看，碧蓝无垠的大海边，聚集着小小的身影，特别有明显的对比，谁知道，在这里受教育的孩子，将来要征服这一大片汪洋大海呢？

在错落有致的礁石上，站着穿白衣黑裙及黄卡其裤的学生，连大海也被他们的璀璨掩盖得失色了。

五兄妹

村中居民少，孩子多，造成学校中常有两兄弟同班的现象。

最显著的是吕家五位兄妹，一起在大仓小学受教育，老大吕筑就读五年级，老二吕北与老三吕丽珠同在三年级就读，老四吕丽娜与老五吕布同在一年级就读。这五兄妹正好是大仓小学全部学生的八分之一，也是别处很少见的现象。

他们的父母出海捕鱼，便把五个孩子的教育完全交给学校，学校也就兼具了家庭的功能。五兄妹携手上下学，其乐融融，父母也能安心出海捕鱼了。

吕筑的老师王文信告诉我，由于要当弟妹的榜样，身材高壮的吕筑在学校表现很好，运动和功课都很出色，使他的四个弟妹以他为荣，达到很好的教育效果。

可惜，由五兄妹同校且各隔一岁的情形，我们可以观照到大仓岛上家庭计划的推展还没有成功。

今年八月八日县政府要推选“模范父亲”，大仓岛有一个名额，村民们竟一致推选了一位生了十个儿女的父亲，他们以为生越多的儿女便越是模范了。这可能牵涉到渔村劳动力的问题，一方面也是家庭计划推广还不够彻底——渔民只想到多一个儿女多一份劳动力，却没有想到多一份消耗了。

县政府也了解渔村的这种情形，最近采取了一些措施，即生产头胎和二胎时，由政府给予五千一百元的“生产补助费”，并供应奶粉及营养品，第三胎以后则不予补助，这是节育方面的寓辅助于推广。

至于劳动力方面，政府也以辅助的方式鼓励渔民把旧式船只换成新的机动渔船，补助的金额在二分之一以上，譬如购买一艘三马力的机动渔船，价格为三万五，政府付给渔民二万元，渔民只要出一万五就可以买一艘船，大型渔船则按比例增加。

这两项补助虽已彻底推行，渔民生头二胎领了补助金却仍然生第三胎；机动渔船买来虽减省了劳动力，也依然多子多孙如故，节育观念在大仓岛确是应该尽速着手推行的。

学校的校长老师成为这项节育观念的推动者，预计于今年成立的卫生所也将有一位护士参加工作，效果还是不敢预期。

吕校长很感喟地说："人的观念一旦根深蒂固就很难改变了，可见教育推行到离岛的意义重大，希望新一代的大仓人能有一番新的见解与作为。"

吕校长告诉我，大仓小学虽然是澎湖最小的小学，还有比这更小的分部，像西吉岛的东吉小学西吉分部仅有十一位学生，只有一位陈连兴老师。由此，我看到了有优秀素质渔民的远景了。

远望大仓岛

夜晚，我们和大仓的几位村民喝啤酒，听他们讲述许多海洋传留下来的故事，夜晚坐在海边浅酌据说是他们最主要的休闲生活。

另一项休闲则是看电视，一家人围在电视机前享受家庭之乐，可是这项休闲是很昂贵的，因为大仓采用一个小型的火力发电机，自己管自己发电，电费大约是澎湖本岛的五倍。

村干事解连芳告诉我，大仓还有一些急待解决的问题：1.邮政办事处的设立；2.码头的扩展；3.电力交由政府管理；4.设立交通船。“这些问题只要解决一项造桥问题便全部解决了。因为大仓岛距白沙岛只有二千公尺的海路，造了桥使交通便捷，马上就能带来整个岛的现代化。”

对于这些问题，岛民们都有十足的信心——县政府既然在小小的大仓能设立完备的学校，其他问题还有什么困难呢？

第二天，我们和吕校长、王老师、村干事、李科员一起走海路，在海水退潮的下午三点钟，穿着胶鞋踩在海底零乱的礁石上。我看着他们的步履轻捷稳健，是长期训练的结果，想到，世间到底有多少像这样忍苦耐艰的校长和老师呢？

走得很远很远了，我回头望大仓小学，心头有很深的感触。大仓那一群海的儿女，在他们老师的教导下慢慢地接触了辽阔的世界，对两百年没有学校的岛民而言，大仓小学的本身便是一种深刻感人的美。

繁花的都城

何事点灯照菊花

二十二年前，田尾乡的一座庙庭上，一群村人夜晚聚集着乘凉，谈起一位“反常”的人。

“柳凤村那个罗箱，最近有一点起神经，将种蔬菜的祖田都拚拚掉，种了一大片菊花，不知这是犯了什么煞？”一位村人首先议论起种菊花的罗箱。

另一位紧接着说：“菊花也不能吃，种那么多要死咧！以前人家种菊花是三五朵看看好玩，一甲田都种菊花，几十万株，真是中了魔神了。”

再一位说：“罗箱从桃园回来以后，一天到晚憨憨傻傻，不种菜也不栽稻，每天蹲在菊花田里，不知能孵出什么可以吃！”

一群人在背后说罗箱，有的说他“中了魔神”，有的说他“起神经”，最后的结论却是：罗箱是个傻瓜。

罗箱种一甲地菊花田被当成笑柄的两年后，村民又奔走相告一件关于罗箱更可笑的事。

“听说你们柳凤村的罗箱，在他的菊花田里结灯棚，是真是假？是给菊花过元宵？”一位田尾村民取笑一位柳凤村民。

柳凤村民把头低低地垂到胸前，为罗箱觉得惭愧，说：“那个憨人，家里的灯火都点不够了，把灯点在田里给花看，而且一点一两百盏，好像电和灯都不要钱的。”

“一定很好看，哪天我到你村里参观？”

“唉！”柳凤村民摇头叹气走了。

村民眼中的傻子罗箱，因为把菜田翻成花田，点灯给菊花看，使他种的菊花开得又大又好，一分菊花田的收成是一分稻田的十倍，罗箱种菊花赚了大钱。村民，甚至邻村的人也干起傻事，翻菜田种菊花，在花田结灯棚。

二十二年后的今天，田尾乡遍地都是花田，花田里都点灯，使田尾乡成为全省规模最大的花卉专业区，居民的生活也一天好过一天了。

但开风气不为师

坐在藤椅上的罗箱，谈起二十二年前的旧事，不禁脸露微笑，对他年轻时代毅然种花的事件细细地品味着。

“那是一九五六年的事，我到桃园看朋友种花，觉得种花实在比种菜舒服，朋友又告诉我，台湾的经济很有希望，生活水平愈高，花的需求量愈大。我想到，我家里一块祖田有一甲多，何不翻出来种花呢？”罗箱想到就做，在田地上大种菊花，翻祖田在那时保守的观念中有一点败家背祖的意味，罗箱因此被视为傻子。

“其实，那时田尾乡也有人种花了，但是没有像我这么大的规模，大家对给花洒农药、浇肥，甚至点灯都是没有概念的。”

罗箱并不像一般村民所说的蛮干，而是经过一番细密的审思和计划。开始的时候，他白天在菊花田工作，晚上在灯下研读外国的园艺书籍，第二天就拿到田里实验。譬如电照，试验如何使灯架高度适中，使它的光能平均照射；譬如插苗，在泥土地上长不快，试验如何在沙地上插苗，缩短生长期；再如为了使菊花长直，要以竹条插枝，他改成铁网，以节省人力等等，都是罗箱在菊花田里“磨”出来的。

最让人佩服的是罗箱的眼光，他老早就看清台湾经济发展的趋势，宁可忍受乡人一时的耻笑，不顾一切地种菊花，使他现在拥有两栋楼房，成为柳凤村最大的花农和最大的菊花代理商。

罗箱不仅对他个人，对整个柳凤村，甚至田尾乡都有很大的贡献。罗箱所居住的柳凤村，本来是田尾乡十九个村落中最落后的一村，田尾乡有一首两句的歌谣取笑柳凤村的贫穷：

柳树湳收音机无电，柳树湳老大人无钱。

柳树湳是柳凤村的旧称。如今，年纪稍大的田尾乡人还会唱这首歌谣，但是柳凤村已经成为田尾乡最富庶的村落——都是菊花带给他们的财富，傻子罗箱则是柳凤村从贫穷到富庶的功臣。

罗箱坐在设有冷气的宽敞客厅中说：“种菜种稻一分田只能收一万元，种花好的时候可以收十万元，怎么能不富呢？”

莫嫌老圃秋容淡

我们到田尾时是初秋的午后，乡公所民政课的郑荣华，很热心地带引我们参观这个淳朴的小乡村。只要走在马路上，就能闻到田里乳菊飘来的香味。

近的地方还能清楚地看见排列整齐的园圃，往远处眺望，则繁花混成一片，红的黄的白的，有点像是不经意地杂糅在一起。

郑荣华带着我们走田埂，一路解说："这是一点红，这是空心红，那是冬红，再过去是月友。"说着说着，有很多是他也不知道的，他很惭愧地说："我种了四分田的菊花，可是菊花的种类太多，连我也数不清了。"

我们走过一片育苗的花圃，一个老人正蹲在地上把泥土翻松，他仔细地将硬凝的沙土捣碎铺平，看到我们自田埂走过来，很热情地和我们招呼着。

老人叫周吾喜，种了三分多的菊花田，也是一九五六年就开始种菊花的老花农了，他每天都要到菊花田来消磨时光，他说："这花，不多照顾是长不起来的。"

周吾喜告诉我，一株菊花从插栽到收成大约需要三四个月的时间，其间要历经许多繁琐的工作，种花比其他作物还要费工夫。

"菊花种植通常将母菊生的花芽摘下，先行在沙田中假植七到十天，然后移植到本田中。再过一星期要剪心，等它长到五寸时要下肥、培土，长到一尺要牵网，然后是放火（即点灯），一直到它结出花苞。"周吾喜数着手指头讲了许多种菊花的过程，听得我们应接不暇，他停顿时我们嘘了一口气，他看了笑着说："还没有完咧！"

菊花生长的过程中要不断地将多余的芽摘去，还要经常喷洒农药，一刻也疏忽不得。等到开花收成后，捆绑、运送都是大学问，他说：“菊花是很娇嫩的，要小心侍候。”

问到为什么全省那么多乡村，独独田尾乡种了这么多花，六十岁的周吾喜很直截了当地说：“田尾是花的土地呀！”

这句话的意思应该是，田尾乡利用浊水溪的水质灌溉，土壤肥沃，年平均气温在二十二点四摄氏度，最适合园艺植物的栽培，再加上数十年优秀经验的累积，企业化的经营运销，才使田尾成为花的土地，成为花乡。

欲回天地入盆中

田尾乡十九个村落中，柳凤村与田尾村全部以种花为业，溪畔村大部分以种花为业，其他村落则多少种了一点花。其中，打帘村是很具特色的，它以盆栽和园艺植物为主，使田尾乡的观赏植物（包括花卉）面积高达三百五十公顷，全乡近四千户里有七百余户的专业花农，约占六分之一。

我们到打帘村去，景观与柳凤村就完全不同了，清新鲜锐的草树气味取代了淡淡的菊花乳香，风景更繁复了，站在路边的榕树剪成伞和凉亭，坐在园子里的老虎是榕树拗成的，低头啄食的孔雀是九重葛的变貌，这真是一个多彩多姿的“植物的动物园”。

我们遇到种园艺植物十五年的陈李载，他很热心地带我们在他的三分地的园圃里参观，从许多细心剪裁折拗成的动物，可以看出主人的耐心与匠心，更高妙的是经过数十年运筹帷幄苦思经营的盆景。

在小小的园子里，包罗万象，甚至在一尺见方的盆景中，就包容了古树芳草，水山奇石，亭台楼阁，仿佛一幅古画中的风景被立体了起来，园主的艺术匠心很是令人赞叹。果然，问到陈李载为什么不种花要种园艺植物，他说："大家种出来的菊花都一样，园艺盆栽每个人种的都不一样。"

过去的农业社会中，文人雅士常喜欢养植盆景，从盆景甚至可以看见一个人心胸的丘壑，思想的山水大地；到现在，已难得有人花三五十年种盆景，可是寄情山水的传统还是在的，盆景也确有它观赏的价值，专业化的盆景种植便因此产生。

在田尾，一个普通盆景，售价也要千儿八百，真正精心的杰作，配合久远的年代，有时候能卖到三十万元以上的高价。

陈李载就称盆景为"慢工出细活"，往往一个普通的盆景就要花费几年的工夫，需要很高超的技术，以及很敏锐的观察力，和艺术的匠心。

"盆景和庭园植物不是每年能收成，但是一收成就能卖很好的价钱，并不会比种花差，而且栽培的过程轻松有趣多了。"陈李载说。

看了陈李载的庭园，我发觉现代人真是太幸福了，只要花些钱，就能分享到花农精心修剪的各种不同风姿的风景了。

一日看遍长安花

像田尾乡如此大规模的花园，将来的前途如何呢？

为了这个问题，我跑到乡公所去询问，乡长陈玉清因公外出，公所的职员建议我访问在田尾生活五十几年的乡公所秘书林见珍。

林秘书告诉我，田尾花卉外销日本、菲律宾等国家和香港等地，每年金额达到三千万元以上，内销则每年在三千四百万左右，如果加上庭栽和盆景，则可达到一亿五千万元。田尾七百户花农，平均收入在二十余万元，收入不可谓不丰。

“为了使田尾花卉发展得更好，一九七一年，有关部门配合农复会与田尾乡农会共同办理了花卉训练班，派了许多专家到乡下指导，在病虫害防治、土壤改良、技术指导、分级标准、运输工具及销售方式上，均有许多进步，使田尾的花农更迈向多种的现代经营方式。”

林见珍谈到田尾乡的未来显得非常高兴，尤其当他提到田尾乡将成为台湾唯一的公路花园时，他说：“一九七三年，一位官员到田尾来巡视，看到这里鲜花缤纷，芳草处处，指示利用原有的景观，开辟一个公路花园。这个计划经政府聘专家设计规划，已建设了宽敞的公路，也架设了光亮的水银灯，等到凉亭和观光饭店建成，公路花园就完成了。”

由于公路花园的美好愿景，田尾乡民不惜把种花赚来的钱捐出来，有的还把路旁的地献出来。林见珍带我在田尾的新辟柏油路上参观，指出公路所有的地都是花农捐出来的，令我惊佩不已。

田尾的地方人士为了建公路花园，组成了筹建公路花园委员会，积极从事花园的建设，一个商会机构也筹募四千五百万元兴建包括十四项观光设施的青商花城。从田尾乡民的积极热心，我们很能体察到他们爱乡爱土的深厚感情。

但是，林见珍告诉我田尾乡的一个隐忧，由于花卉收成好，不断有乡民把稻田菜田改成花田，而目前岛内外的供销正好平衡，再扩充下去恐怕会伤了花价。

“可是我相信，经济好，花的销路就好，今后，不论都市、乡村，鲜花都将成为人们生活中的一部分，田尾乡的花将来会有更好的时光。”

绿章夜奏通明殿

夜晚，我们在田尾宽敞平坦的新铺道路上散步，田里的菊花灯棚一群群地亮起来。有经验的花农告诉我，一分田里大约有一百盏电照灯，每隔六尺就有一盏。电照灯像一张大蛛网，罩盖在菊花田的上面。

电照灯是用来促进菊花的发育，灯照的长短可以控制花卉的发育，也可以控制花期。它本来很有实用意义，对于像我一样外地来的客人，菊花田的电照灯的观赏价值却又胜过实用意义。

远远近近一片金黄色的灯海，那样的情景仿如我们站在远方看一座繁华的城市，临到夜晚，城市的灯火辉煌，光网密密交织，迷炫了人的眼睛。

如果有繁灯的地方是城市，田尾乡便是一座繁花的都城，而且它比一般的城市更迷人，它没有污染，没有噪音，没有奢侈浮华，人与菊花在其中过着悠闲的岁月，在悠闲中又充满了希望。

我们在花田中散步到深夜，听到不知距离的远方，有野台戏优美的唱戏声自花田那头轻淡地流过来，益发使恬静的菊花田看起来美丽而喜悦。

站在灯棚下看菊花的苗圃，青绿色的花苗，好像嗞嗞有声地争长着，使我忍不住要蹲下来，细细地观赏。

这时候，我深深地被感动着，想到傻子罗籍首先在菊花田结灯棚的勇敢行径，我悟到，每一座城市都有默默工作而被误解取笑的人，连花的城市也不例外。

车看黄花吐翠微

花田散步的一夜，最遗憾的是没能有一个极高处，看遍花都奇景。我把这个想法告诉罗箱，他微笑着说：“等公路花园建好，盖了观光饭店，你再来看吧！”

可是盖了观光饭店，我的感觉又会如何呢？人生难得有两全的事，也许自然景观会被观光饭店破坏了。

第二天清晨，我们告辞了田尾乡，搭车向这一座花之城市挥手。这时，田里的灯熄了，花田上弥漫了一片薄薄的白雾，黄的花，白的雾，青绿色的梗，黄褐色的泥土，交织成一片有颜色有生命的世界，与午后、与夜晚，又是一种不同的景观。

早起的花农们已经到田里种作了，一片美好的远景从花农的背影推拓出去，再自清晨的曦光中闪烁出来。

诚然，种花是一种辛苦的行业，也是用汗水溉灌的行业，每一片花瓣都是花农心血的结晶，这些兢兢业业努力着的花农为我印证了一个道理：流愈多的汗水，才能开出愈美丽的花朵。

武陵人

独向千山顶上行

横贯公路像是一条横睡在千山万壑里的长蛇，即使静静横躺，也是灵活、鲜动，带着一点狰狞。

车行在长蛇背上，山仿佛叠在车顶上，逼压到身上来，左近的断崖又把这种逼压抒放开去。眼前这一线细细长长的天廊，成为仰不及顶的山与俯不见底的谷凝聚的焦点。

横贯公路的美不是灵秀，而是粗犷。每一次折弯就是一次惊心动魄，每一动魄惊心又引来一幅更壮美魄大的风景。

因为是暑假，沿途常可见到一小队背着登山袋的青年学生，在公路上缓缓前行。车子到青山管制站后，开始穿越许多黑魆魆的山洞，又是另一番柳暗花明。

本来，横贯公路牺牲了许多人的血汗，是为了凿通中部与东部的交通孔道，实用的目的很大，没想到打通后，它的观光价值却在经济效用之上，沿途每一个中途站都成为观光据点。

从台中市，车子奋进了三个多小时，才抵达中横的最大据点——梨山。

梨山的观光旅店林立，并有大规模的水果市场，满山遍野植满了水果，俨然是一个市镇的形式，观光旅店的豪华却又是大都市的派头了。

热闹的梨山也不免像一般观光区，渲染着庸俗及人工化的习气，这种习气最能投观光客的喜好，大多数观光客都在梨山落脚。

我厌倦庸俗和人工化，如同厌倦豪华而没有生命力的观光旅店。因此，虽然到梨山已是黄昏了，仍搭上最后一班开往武陵农场的公路局汽车，这一条路是中横的支线，风景的秀美比诸主线犹有过之。乘客稀稀落落，窗外凉风飒飒，呈现出一股秋深的凉意，山下的夏日炎炎和人声喧闹全被抛在脑后了。

随着车轮的疾转，我们步入另一个世界。

开辟生命的荒地

到达武陵农场场部，天色已经黯淡，场部的福利社关门了，招待所又客满，我们只好再往内部的林务局招待所进发。

细窄的柏油路上，沿途的水蜜桃、水梨、苹果都已结果，南洋杉挺直地站在果树林中，显得洒脱而有个性。远远近近都响着抢在夜幕前唱最后一首歌的鸟声，短捷高亢的鸟声融在山中，也成了宁静的一部分。

走了五公里路未曾见人烟和踪迹，使我心里有些惊慌，好像整个人慢慢被森林吞没。这时，我看到不远处有一个仓库，库前水泥地上三位年轻人在聊天。当我询及到林务局招待所的路径时，年轻人说："往招待所还要六公里，也不一定有吃的睡的，我帮你想想办法。"

然后我们决定到技术员家里求助。

这三位年轻人是淡水工专的学生，利用暑假到农场打工，技术员等于是他们的领班，发生什么事都找技术员。我们摸黑走五公里才走到技术员的家，技术员陈荣茂是那种住久了山林而自然蕴育出豪情的人，马上叫他秀丽的太太煮了一锅色香味俱全的肉丝面，还一味地道歉："山里吃不到什么好东西，千万请原谅。"

陈荣茂于一九七〇年自华夏农专毕业后，就到武陵农场开辟他生命的荒地。他说："我原来只想干一年就下山，没想到在农场住一年，一下山觉得浑身不舒服，只好留在山上。现在只要下去一天便睡不着觉，山上山下真是霄壤之别。"

他表示，光是开门见山这一项已经够叫人迷恋了。由于迷恋山，他在山上结了婚，在山上生下第一个孩子——孩子出世后，他蓦然觉得，他的根是扎在武陵了。

其实，技术员的工作并不轻松，每个人管三十多公顷的果园，要指导工人从施肥、灌溉、除草到采摘，而且不能出岔子。“果树和人一样，只有善待它们，才能结出很好的果子。”

陈荣茂清晨便到果园工作，夜幕深垂才回到宿舍。他毫无怨尤，每天能和青山白云相对，随时都有一股蓬勃的生机从他的心头滋生，他淡淡地说：“我打算在山上终老了。”语音虽淡声量虽小，却是果决而不可更变的。

他帮我们安排在果二班的仓库过夜，来打工的陈英仁陪我们摸黑走夜路，才晚上九点钟，繁星已经满布夜空，山中的景致不再是白日里青绿的淡彩，而是隔着夜纱的苍郁泼墨，夜的武陵更像是山连着天的大块文章。

路右侧的武陵溪响亮地奔湍，流水声沁入我的肌肤，整个武陵农场的夜凉袭入了我的内里，并缓缓地脉动，我终于知道陈荣茂要终老武陵的理由了，那就像夜空的星子凝在天上一样的自然。

平静的农场生活

有时候，睡仓库也是很舒服的经验。武陵农场纵使是夏日的夜晚，也要上下各一床大棉被，夜里温度大约十二摄氏度左右。

陈英仁告诉我："武陵农场没有蚊子、苍蝇，空气又清新流畅，我在平时很少睡过像这里这么好的觉。"

果然，一夜无梦到天明。

第二天漱洗时，水几乎是零度的冰水，陈英仁幽默地说："夏天的武陵是晚秋的天气，初冬的水。"

我们的早餐是稀饭馒头，外加花生、黄瓜、萝卜等六道小菜，因为天凉，大家都吃得很多。早餐后，我们在果二班平房前的花园散步，和班里一些老荣民及来实习的雾峰农校学生聊得很愉快。

荣民们都在武陵住了十几年，对武陵有一种无形的情感，他们在这平静的农场生了根，于尘世的风云竞争也就了无挂碍了。

七点整，我随打工的学生走一公里多的山路去上工，他们今天的工作是包防护纸袋。就是在每一个水蜜桃上套一个油纸袋，以防阳光的照射及虫鸟的啄食，工作虽然轻松，却很繁琐。

清晨的水蜜桃颜色如美丽呈静姿的少女的唇，透着欲滴的红润，桃尖更是有一种诱人的朱红。

陈英仁摘了一个熟透的水蜜桃请我吃。他说："没关系，我们老师叫我们好好工作，水蜜桃尽量吃。"

所以，他们每天上工前总要先吃个水蜜桃，称之为“冰镇水蜜桃”，因为经过一夜的露冻，桃汁像冰镇过一样，香甜而清凉。一个打工的学生告诉我：“我是因为可以大吃水蜜桃才来打工的。”

他们一天工作八小时，工资是新台币两百元，供膳宿，一个月的工作可以换取半年的学费，工作又如同度假避暑，学生们乐此不疲。现在武陵农场里就有一百多位打工的学生，来自各大专院校。

他们日出而作，日落而息，过着快乐而丰安的生活。陈英仁说：“这里没有竞争，没有喧闹，没有钩心斗角，太阳出来是新的一天，太阳西沉后就准备就寝了。住久了，人的斗志会被磨掉，但是山里又需要什么斗志呢？”

正在工作的时候，老板来了。老板叫蔡胜东，是一位中年汉子，他今年承包了武陵农场所有的蔬菜，以及三十多公顷果园，他原来在宜兰做生意，七年前开始上山专做武陵农场包商。

他说：“在武陵农场包果园，由于标价的人多，不见得能赚大钱，但是只要有一年夏天在这里做过生意，就懒得下山做买卖了。”他认为，做农场生意与避暑一样，每天只要能在一望无际的果园走走，也就心满意足。

蔡老板开着福特千里马自用轿车，带我去看蔬菜的采摘。他今年以一千八百多万元中标蔬菜承包，这些蔬菜包括甘蓝菜、大白菜、结球莴苣、甜椒、青花菜等等，都是分量颇重的高冷地夏季蔬菜，由荣民们自己经营。他说：“荣民年平均收入高达新台币六十万元，生活比我们这些包商还过得好。”

我们到达菜园时，有一群工人正蹲在地上摘大白菜，并包装送上卡车。连绵到山上的一大片高级蔬菜，整齐的阡陌，开阔的菜园地，真是撼人心魄。

站在高处，俯看工人们的汗水流在菜园中，阳光照着菜叶变幻成的颜色与层次，不禁令我想起陶渊明的桃花源：“土地平旷，屋舍俨然，有良田美池桑竹之属。阡陌交通，鸡犬相闻。其中往来种作，男女衣着，悉如外人；黄发垂髫，并怡然自乐……”

烟声瀑布，世外桃源

最美妙最奇瑰的风景，通常隐在最深最不易至的地方，武陵农场也不例外。当农场的人指给我看一座山形仿若“国父”仰首观天的“国父山”，并告诉我顶上有一个武陵最美的风景“烟声瀑布”时，我便按捺不住去攀登的冲动。

烟声瀑布原有一条柏油路可以直达，可惜临时找不到汽车，我们只好走捷径，步行前往。所谓捷径，便是在山壁间凿出的小路，约有一尺半宽，十分陡峭，路的两旁长满杂草，草里又不规则地直立几株杉树。

登到山顶，回首俯望，可以清楚看到我们从场部的来路，成为一座长方形的狭谷，蔬菜的梯田交切着果树的山坡，构成仰卧着的青山一列。潺潺的武陵溪与柏油路平行着，且顺着狭谷的深处向下滑去——这时，我真知道，部分的美景再辉煌，也不如整体的美之组合来得光耀。

从山顶向瀑布还要走四百公尺，走在山脊上，阳光的明暗变化就显得更清晰了。

远远，一条两百公尺高的瀑布，像垂在青山间的白缎子，在风里如布起伏飘动。配合瀑旁两个斗大红字“烟声”，越发触目惊心。

瀑布周围十公尺内，有一股凛人的寒意，宛若初冬。据说，瀑布的水是雪山积雪融化后奔流而下，水温在零度左右，加上瀑布三面环山一面临谷，阳光终年不能照射，自然形成蓊郁寒凉的小天地，顺着瀑布便流成农场的水动脉——武陵溪。

瀑布前的原始林也有一个奇景，所有的枝桠都向下垂，新芽则往上长，那是冬季被大雪压成的。瀑布下势很急，溅出的水珠像一层围绕着的烟幕，凌虚御风，是其他瀑布少有的景象。瀑而有烟，烟而有声，也算是瀑布的最高境界了。

“烟声瀑布”的美使它前面壮观的观瀑亭也显得低俗了。

我们正要循原路下山，正好农场的专车开了上来，场长夫人萧太太带了水壶上山，要装烟声瀑布的水回去泡茶。她说，烟声瀑布的水甘洌香清，甚至胜过杭州的虎跑泉，每有客人来，她总要带一些回去泡茶。

我们搭武陵农场的便车下山，沿途千回百绕，自有与步行不同的趣味。开车的司机非常爽朗健谈，沿路不停说农场的好处，常常有朋友问起开出租车好赚，他为什么要开农场的车子，他说：“你要是爱上这个农场，便再也没有选择的余地了。”

将来的武陵农场

遗世独立的武陵农场，今年已迈入第十五个年头，它成立于一九六三年五月，与清境农场、福寿山农场并称为辅导会三大农场。

我访问到农场辅导组的组长柯澎，他负责农场业务已有七年的经验。据柯组长表示，武陵农场的土地面积共有七百二十四公顷左右，其中有二百一十五公顷因为坡度过大，予以造林来保持水土。剩余五百余公顷可栽培果树及种植蔬菜的土地，已开发的将近三百公顷，目前正在努力扩展中。

“武陵农场的开辟，一方面是为了安置退役官兵从事农业生产，一方面是开发横贯公路的山地农业资源，并希望把这些经营成功的农业技术推广到民间，以普遍提高山地利用价值。”柯澎说。

柯组长表示，武陵农场的地分两种经营，一是农庄安置，在诚、善、亲、民四个农庄中，单身场员每人配地零点三公顷分耕合营，有眷场员每户配地零点四五公顷，二是个别农垦，每户配地二公顷。“这两种方式全以经营高冷地蔬菜及温带落叶果树为主，每人每月平均收入在两万元左右，大约等于平地的经理级薪水，所以有很多荣民在台北市购屋置产，已经不足为奇了。”

过去的十五年中，武陵农场大量的水果经营，使它成为台湾水果市场中苹果、梨子、水蜜桃的主要供应地，这自然是荣民们胼手胝足努力的成果，也是辅导会的辅导策划有以致之。

将来，武陵农场将朝什么方向发展呢？柯澎表示，武陵农场虽已奠定了良好的生产条件，今后仍必须继续发展。在果树方面：尽力指导培肥管理，改进果型与质量；利用二十八林班高台地一百公顷大量种植苹果，以减少苹果的进口，达到自给自足的目标。

在蔬菜方面：辅导严格地计划生产，加强岛内外运销，发展高价作物，并努力于品种的改良，改善分级、包装、冷藏、存储的设备，以及推广大规模的农业机械化。

除此之外，武陵溪的清冽及水温颇适合养殖名贵的鳟鱼，现正在试验养殖，一旦试验完成，将开发一鳟鱼养殖场。

武陵的风景秀丽，自然景物优美，极具发展观光事业的潜力，近来虽游客日益增多，但是仍然没有良好的住宿地，辅导会与观光局计划在武陵农场盖一座耗资二千七百万的“武陵宾馆”以利游客住宿。武陵农场三四月间桃花、梨花、杜鹃花开，六七月盛产水蜜桃，八九月盛产梨子、苹果，一二月又是雪花飘飞如银装世界。宾馆一旦落成，这些美景将可以展现在世人眼前。

我与柯澎在场部前的苹果园中散步，询及他到农场七年的感想，是不是想要下山去。柯澎微笑着说：“我现在偶尔下山，一天都待不惯，还是在山上比较安适，恐怕以后我也不会到山下去的。”

一个小小的驿站

到武陵农场的日子使我迷惑了。

我想到，等武陵宾馆一旦构建完成，武陵将成为一个观光胜地，游客不绝于途，固然给武陵带来一些经济的利益，也必然会破坏了武陵的宁静，到时，安于平静而避世的武陵人将何以自适?

或者，他们不再是日出而作日落而息，也要像梨山的小商人，在假日挑着水果蔬菜到宾馆前叫卖。这些问题像一个沉重的车辆，在我心里缓缓辗过。

使我最惊异的是，我所接触到的武陵人，都显现出终老山上的意愿，如同把生命的长锚徐徐下碇，而且，碇后不再起锚。我在想，当低俗的观光客带来噪闹后，他们的锚是否还安在此处?

虽然我想得多，武陵农场再好，对我也只是一个小小的驿站，驿马的草料尚未喂足，又要起程了。河山终古是天涯，现代人哪！将到何处去下永远的生命长锚，安于平静，安于溪泉飞瀑，甚至只安于月色鸟声?

在我搭农场专车回程时，一位与我同车的雾峰农工实习学生正赶着到梨山就医，他的足踝被打草机割伤，深可见骨，血流不止。我这时才知道，武陵虽是现代的桃花源，要学做一个武陵人也不是容易的事！

美浓小镇的唐宋山水

美，到了极处自然动人，动人到了极处又归返于质朴。

有了这样的认知，就能以更大的包容去接受、去挖掘那些隐在角落最偏静的美——这时候，就像潜藏在内心最深处的一滴水突然温暖了起来。

一个乡镇是一个整体的生命，所以，不能用什么方法诠释她，而只能捕捉她某一时刻轻轻逝去的流动的一景。而且不能驰车去捕捉，驰车对艺术工作者是一把狠毒的刀，会割裂要探访的乡镇。最好的方式是徒步去那个乡镇，才有机会一步一步走进她的灵魂，然后才可以感觉，并且捕捉她的美与动人。

乡镇的整体生命固然能感动我们，但是她能更深刻震撼我们的，往往来自她的某一景、某一物、某一人，她使我们拿相机的手喜悦得缓缓颤抖，她使我们走在田路上的脚步禁不住要雀跃起来。对整个乡镇，这些人、这些景物用她们微小的片断表达了这个乡镇，她只要一个小小表情，就是整个乡镇风格的胚胎之源了。

我徒步去美浓，便是抱着这样的心情。我说我去过美浓，并不是说我能解说美浓，只是说，我曾经被那种动人到极处的美深深撼动，并且我曾经企图捕捉撼动我的人与景。

刚刚睡醒的乡村少女

走进美浓的时候是清晨薄雾将散未散的时刻，此时她像是一位刚刚睡醒的乡村少女，毫无整饰的脸，柔和清淳得使我忍不住去亲吻她的额头。美浓的田地和房屋有很一致的格调，她不是高贵如兰，而是安静似开在野风中的小花。

新年虽然过了很久，但家家的春联都还保持鲜艳的红色。我走进一户人家，看到一位身着老旧唐装的客家老妇正坐在藤椅上沉思，她右侧的供桌上香烛冉冉，桌面铺着一张鲜艳青春的桌巾。

老妇并不言语，晨光自她背后的窗扉透进，使整个房屋有一种古中国的温馨；老妇的沉稳交糅着环境的鲜新，这时候我感觉到老妇是有言语的，因为言语的深处总是无言。

我仔细观察颜色在乡间的调配。我看到一个砖红色多变化的窗开在青灰色的墙壁上，窗上一张小小春纸，左角挂着一顶土黄色的斗笠，那是无意间色彩感觉的呈现，却像是经过一番艺术的匠心。我觉得，这才是未经濡染的中国色彩。

我又注意到光和人之间的关联。我走进一间焙烤烟草的烟楼，蒙面勤劳的客家妇女正把焙过的烟草整理放进箱中，烟楼只有一盏小小的六十烛光灯泡，我站在一个小门看灯光映在她们脸上的金黄色光泽——那是生活的美，比艺术的美更深刻。

美浓是一个尚未被工业文明污染的乡镇，所以她的农业色彩常常能表现出真正的原神。我生长在美浓邻近，时常到美浓。有一次是下雨天，看到一辆红色的牛车，车上坐一位穿蓑衣赶牛的农人，过桥、涉水，然后步向空旷的田野。那是午后的雨的黯淡，牛车的出现却仿佛一幅唐宋的山水画。

后来雨停了，我走过泥泞的田路，竟见到远山的雾未散，近处有一丛竹和一株黄金色的小树，此时我肯定美浓也有纯粹的美的风景。

我们到了一个地方，眼睛看到了风景，脚上踩过了泥土，还不能算我们真正到了，而是要我们心灵的眼睛能体会出那个地方的风格与生命，我们的心曾和她紧紧相贴，她在我们的心上绘画，然后我们才能说：我真正到过了。

美浓也是这样，我无法诠释她，但是她的美与动人曾不必言语地自我心头深深地掠过。

走上走下，不如月光山下

看过了美浓的轻灵的美，我们还无法勾勒出美浓较深刻的内里。

美浓有一座很美的山，称为“月光山”，它是从中央山脉延伸出来的，轻轻地围抱着一块适于耕种的平原地，像慈母用关怀的手臂抱着初生的幼儿。也由于月光山的阻隔，使美浓断绝了和外界的接触，经过很长的时间，她还能保持一分独特的平和与宁静。

美浓的父老们也独爱这一分平和与宁静，在美浓流传着一句古老的俗话：走上走下，不如月光山下。

我常常远远望着月光山沉思，那座山棱角锐利，有点像一把关刀，从这里似乎能看出美浓人固执的性格。他们很难妥协，尤其是对现代文明，在邻近的几个乡镇都已经逐渐现代化时，她还能保存她的原色。

这种原色的保存，一方面来自地理位置的偏僻，仅有两条道路，一条经旗山通往高雄，一条经里港通往屏东。一方面是美浓六万人中有百分之九十五的客家人，个性趋向保守，又对中原文化有强烈的偏爱，致使她的生活仍是农业社会的方式，她的建筑格局还是中原文化的老格局。

从文化的保存上看，这自然是个好现象；就乡镇的进化上看，却是一个落后的地方。当我赞叹美浓的美，想到她将往哪一个方向走时，我往往找不到答案。

经济找不到出路

美浓最重要的经济来源，是来自农田，她的主要作物是香蕉、稻米和烟草。这三样作物使美浓形成十分特殊的景观，葱郁的香蕉园、浓绿的烟草、浅绿的稻田，三者交织成一片绿的世界，那样的世界自然是美的。

可是从经济的角度来观察，这三样作物都要付出很大而持久的劳力，获利却相当微薄。所以整个美浓就是一个劳力的乡村，不但男人要下田做粗活，女人和小孩也要下田帮忙。由于收入低，大部分美浓人要相当俭苦，才能供应儿女去受高等教育。

因为美浓的土地可以种稻，又可以种烟草和香蕉，使美浓人往往抓不准应该种植什么作物。有的农人看到种香蕉赚钱，就翻了稻田去种香蕉，等香蕉跌价，又后悔不迭。最近因为公卖局统一购买烟草，价格稳定，于是很多的田又赶紧植上了烟草，可是半年收成一期的烟草，带给他们的经济利益也很微薄。

当然，美浓人也曾努力突破经济瓶颈，如经营养猪副业，但情况一直不好。一个美浓的老人曾满脸怨气地告诉我：“为什么市场的猪肉一斤五十元时，我们的猪一斤是三十元，市价八十元时，我们的猪一斤还是三十元？”从这里，也可以反映出美浓人对养猪事业未来的展望了。

农业如此，工商业更不用谈了，她依旧保持老式市集的形式，未见进展，这也是看不到美浓前途的一个因素。

一个有教育又落后的乡镇

因为现实世界的挫折，使美浓人只好把希望寄托在遥远的未来。

他们不管拼死拼活，总要让子女们去受较高等的教育。自好的方面说，提高下一代之知识水平；从坏的方面思考，却是一个渺茫的希望。

这种拼死拼活的精神，使美浓培养出不少大学生，还有许多硕士和博士，使她成为高雄县最享盛誉的教育乡镇。

可是这种教育的荣光，并没有为美浓带来繁荣，不管是博士、硕士、学士，返乡改善乡梓的大概只有百分之一，其余的美浓知识分子都在城市里工作。他们虽然也怀念乡土，虽然也怀念月光山，可是对一个落后的乡镇，怀念又有什么好处呢？

这些年人力外流的结果，也使美浓仅剩下老弱妇孺种庄稼，摄影家和画家到美浓看到一幅黄发垂髫的耕作图，自然是见猎心喜；社会学家和经济学家到美浓，就要聚额愁眉了。

美浓！赶快往前走吧

多年在美浓的来往，使我经常思索到她的去处。

可是，美浓的步调永远那么缓慢：农人慢慢地耕作，美浓溪慢慢地流，住屋慢慢地长高，街道慢慢地变宽。我真为她心急，她要什么时候才能走得快呢？

我思索不到她的去处。

我只能说，赶快往前走吧！

美浓！

烟波江上的制陶人家

火车，缓缓滑过大汉溪，夕阳的余晖斜斜映在水波上，在迷雾般的溪水上照射出多彩的水影，一群白鸭悠闲地在烟波水面上摇动尾羽。

莺歌，是一个令人难忘的小镇，它竟傍依在这么迷离优美的大汉溪畔。

从大溪开始，大汉溪就以一种平和坦然的步姿，婉转地穿过三峡，然后抵达莺歌，穿过莺歌，又施施然往山佳的方向流去。大汉溪所经的这四个小乡镇都有自成的美丽格局，其中又以莺歌——傍山面水的小镇——最能让我们一眼就看见它独特的内里。

在桃园台地上向下俯望，几百只老旧的烟囱张着乌黑的口仰视着蓝色的天空，这些烟囱虽然已经不再冒烟了，制陶的行业却一代一代在这个小镇生生不息地流传下来。依靠制陶维生的人们，自清代开始，就把软软的陶土和瓷土拉成器皿，在拉坯中，莺歌镇也被一点点地拉拔成长了。

台湾的景德镇

走进莺歌镇，在街的不远处看见一个防空壕上站了一个黄袍老头儿，仔细一瞧才看清是土地公。莺歌镇民不用木雕，也不用泥塑，却用瓷器塑造了他们的“福德正神”，莺歌的陶瓷业与莺歌文化，仿佛在这个土地公身上已看出端倪了。

就在土地公守护的那条大街往前走，就这样随意地走，随意往街两旁的房屋内探首，阴暗的厅堂中总是有人细心而严肃地做着陶瓷，有的人单调地用毛笔画着金边，有的人用手捏转着一个粗坯，有人把坯整盘整盘地放进烧窑中去……

百年来，他们就重复着这样的动作，不断地重复这样的动作。

在莺歌，大大小小的陶瓷厂大约有三百家，占了全省陶瓷的百分之八十，其余的百分之二十则分布在北投、淡水、新竹、苗栗各地。

三步一家五步一厂的陶瓷厂，使莺歌成为岛内陶瓷的重镇，曾有人赞美它是台湾的景德镇——据说在明朝万历年间，景德镇的官窑也有三百余座，民间的烧窑更不可胜数——景德镇的陶瓷自宋朝一直传到明清，乃至民国，竟跨海到了台湾的莺歌。

然而陶瓷厂密集的莺歌镇并不出产陶土和瓷土，它的陶瓷土都是依靠进口，或来自三峡。由于早期的陶瓷要依靠煤来烧窑，莺歌产煤，自然地，陶瓷便集中到这里来了。三百年前郑成功来台湾后，莺歌务农的人在这种优势下，便纷纷放下了手中的锄头，捏起陶瓷。

如今，莺歌的煤已经没落，但是从苗栗引来了天然气，使那些微火又燃旺起来，使我们想到陶瓷就想到莺歌，正像我们想到景德镇就想到陶瓷一样。

小河淌水般地流下去

如果从地理位置上看，从历史的脚印里还不能明了莺歌，我们可以从莺歌人一生的缩影来了解它。

我在莺歌镇上弯弯折折地找到一家小陶瓷厂，在阴湿的室间，我看到一位沉默而冷然的老人，他仔细地用手修饰着刚做好坯的坯口。坯在木架上旋转着，一条条土屑自他的指缝间流出，像是他的岁月。

蹲坐在旁边，我和老人细细谈起他已经轻轻流去的一生沧桑，他的语气中充满无奈，说出的话如同小河无力的流水。

陈进兴老先生今年已经六十五岁了，他十九岁当学徒，屈指一算，玩泥土已经有四十六年的历史了。

他很小的时候，莺歌已经有几十家烧窑的工厂，刻苦的莺歌人用这些陶瓷慢慢建立了他们的王国。他青年时代，中日战争爆发，机器被没收，陶瓷也贱价了。陈进兴因没有一技之长而吃尽苦头。他说："那一段日子，我用手捏成一个歪歪扭扭的粗坯，自己烧窑，一叠十个碗要到处求才能换一斤米。"他的生活也就这样扭扭歪歪地熬过来了。

光复后，陈进兴重新来过，他买了地，买了机器，又开了工厂，可是由于经营不善，工厂不久就倒闭。"我几次想放手不干，可是从少年做到那时，是说什么也放不下手了。"陈进兴说不出什么理由支持他继续做，可是他要拼一口气。我们知道，这一口气代表了陶瓷已经是他生命的一部分，也是他生命的理由了。

想想曾经相依为命的陶瓷，怎么放得下手呢？

陈进兴的陶瓷终于又做起来了，他不再请工人，动员全家大小在阴暗的小房间里拉坯制陶，还自己烧烤。如今工厂有了转机，他又花三十万元盖好一个瓦斯窑，他说："恐怕要做到棺材里了。"

当看到陈进兴膝下十几岁的黄毛小儿，正忙碌地搬移粗坯风干时，我知道我看见莺歌了。他儿子将来很可能继承他的工厂继续做下去，没有理由地做下去。

对莺歌镇民，依陶瓷为生是不需要理由的，它像小河淌水，经过推翻清朝，日据时代，光复台湾，所有的阻力都是河中之石，有时使水微弱，但是它终究要流出来的。

老师傅的一双手

我们在莺歌镇上穿门过户走几趟，会发现莺歌镇上的陶瓷师傅都是额头上写满山水的老人，他们的手艺也和他们的年岁一样，逐渐成长而进入化境，可是手艺的命脉竟也像岁月一样逐渐地走入尾声了。

我访问到今年七十七岁的陈金福老先生，他正坐在一个旋转的辘轳边拉坯，他先把淡褐色的瓷土条用手一条条打成圈，然后开动辘轳，开始拉坯。

只看到他双手轻按在瓷土上，瓷土在旋转中慢慢拉高，那是一个神奇高妙的动作，数分钟后，一个精美的瓷土粗坯在他手中成型，当快速旋转的辘轳缓慢下来，终于停住时，我才相信自己的眼睛看到这样的手艺。

陈金福拉坯五十几年了，问起学这等功夫要多少时间，陈金福眯起眼睛："也不一定，不过三五年的功夫只能做粗的瓷器，要做到细和精美，至少要二十年。"

我听了不禁咋舌，他笑一笑，说："我现在做的是仿古瓷器，不是一般的日用品，这是艺术品，不是那么简单的。”

他告诉我，现在市面上看到的瓷器，有很多印着“大清雍正年制”的大印，都是出自他的手，要做到和雍正年间的景德瓷一样，五十年都还嫌短。

问到陈金福少年学拉坯的生涯，他的技艺是得自大陆师傅的传授，他说：“年轻的时候做学徒，除了拉坯，还要扫地、做杂事，甚至给师傅准备洗澡水，师傅凶起来还会打人骂人哩！”

由于受过旧式学徒的训练，使陈金福一直不敢，也无心传授学徒，他说：“现代的学徒是骂不得的，不要说扫地倒水了，有几次有些人找我学拉坯，开口就问：‘一个月给我多少钱？’我气得把他赶出门去。教他东西，还要给他钱！干伊娘！”本来一直微笑的陈金福，谈到这件事不免激动起来。

如今在陶瓷厂拉坯的大师傅们都是六十以上的人了，满腹牢骚。我又问了几个师傅，都吐着同样的苦水。

谁不想把自己摸了五十年的技艺传下来呢？可是现在的年轻人只求近利，不期远功，谁又肯去学几年无钱的技艺呢？于是，在传与不传之间，老师傅们只好选择了后者，原因是：受不了一口鸟气！

老师傅的一双手传不下去了，连带地也影响到陶瓷的远景。高级的陶瓷厂在人才难求时，只好高价到香港去聘请师傅。

这也不只是陶瓷的问题，而是民间手工艺普遍的现象。我走过全省许多做手工艺的地方，看到年老的师傅们竟还苦撑自己的绝活，使我十分感伤，民间手工艺的道路应往什么样的方向走呢？

以陈金福为例，几十年了，瓷土还是瓷土，辘轳还是辘轳，人，却老了，岁月，流逝了，有生命的陶瓷往哪里去寻呢？

在朦胧中远去

不同的是，老莺歌也慢慢有了新的面目，脚踏的辘轳装上了马达，旋转得更快，做出来的东西匀称。土窑子改装了瓦斯，成品可以得到更有效的控制，热度也使瓷器更精美。可是，这些外表的繁盛埋不住它内里的隐忧，艺术的陶瓷到底不是机械所能生产，它还需要老师傅的巧手和灵心。

当然，若是以整个市镇为观点，莺歌已经从器物的陶瓷逐渐走向建材的陶瓷，如瓷砖、马桶、咖啡杯、壁砖等，烧窑的烟灯在瓦斯到来后也已经许久不冒烟了。

莺歌的这种转变，就像它慢慢整建出来的高楼大厦，古老有趣的街市已经急速地没落了，当我们看到莺歌生产的瓷砖与马桶时，它似乎也意味着陶瓷手工艺的流失了。

对于一个乡镇，我们当然不能阻止它往工业的路上走，可是我们希望它往无情的工业方向走时，还能保有一点有情的趣味——那才是大汉溪畔的莺歌呀！

从莺歌回来的火车上，我一直回想着美丽的莺歌，夕阳正射在大汉溪上，色彩连着水波，竟看不真切地朦胧了起来。

莺歌镇，一百年来艺术的陶瓷业也在朦胧中逐渐远去了。

剃刀·阉刀·槟榔刀

农村社会的铁饭碗

农业社会时代，“江湖三把刀”一直是人们最羡慕的职业，这三把刀是阉猪刀、槟榔刀和剃头刀。

人们之所以羡慕这三个职业，是由于他们的收入稳定，是农业社会不可或缺的“铁饭碗”，加上他们的职业性质可以到处走江湖，比安守固土的农村人士见多识广，常成为农村社会传播与消息的来源。

一直到十几年前，台湾的乡下还能经常看到肩上担着一副挑担，两头各有一桶，一桶是工具，一桶是水，风尘仆仆走江湖的剃头师傅，以及手挽着一个小包袱，包袱中装满槟榔和一把小刀的槟榔师傅，还有拿着一碗石膏和药物搅拌成的阉猪药、一把小利刀的阉猪师傅。

这三种人深入民间，从东村走到西村，南乡逛到北乡，形成农村社会十分奇特的景观。

可是，这种奇特的景观已经渐渐消失了。“江湖三把刀”在面对整个经济结构的改变时，慢慢产生质的变化，逐渐被粉碎了，从“铁饭碗”的被打破，未尝不能体察整个社会观念与生活方式的变化。

“阉猪刀”走投无路

有一次，我到台北县莺歌镇去，就遇到一位曾经显赫一时的阉猪师傅江长夏，孤独地坐在庭前的摇椅上抽烟，谈到二十年的阉猪生涯，不禁满腹牢骚。

江长夏的阉猪技术，甚至还是祖传的，他自小家里就养了一窝猪，很自然地便学会了阉猪的技术。他说：“谈到阉猪的技术，其实也不难，它主要是使公猪不能生殖，可以长得更好更快，在猪仔出生的一星期内下刀割除就可以了，长得太大就不能阉了，一方面是无法控制，一方面是有生命危险。”

但是，他表示，要阉猪阉得好也不容易，首先必须要会配药物，用石膏和止痛、消毒的中药搅拌，预防阉割后细菌进入猪体；其次，要有高超的手艺，能够一只手控制猪仔的活动，一只手操刀顺势，使猪仔能在疼痛最小的状态下被阉割，也就是要狠、准、快！

江长夏表示，一个好的阉猪师傅两分钟就能阉一头猪，常使村人以为阉猪太简单了，于是就依样画葫芦，自己下刀阉猪，常常使猪仔因细菌的侵入或疼痛而死去，村人自此才知道阉猪也不是简单的事。

江长夏收入最好的时候是十年前，各地农会贷款鼓励养猪，并从国外引进许多猪种，那时最忙碌的时候他一天可以阉一百头以上的仔猪，几乎成为农村社会收入最高的人。

许多养猪的人看了眼红，便用锅底的黑土拌石灰自己阉猪，还是无法成功，乡人于是不敢贸然阉猪，使江长夏有一段好时光，把儿女们都栽培上了大学。

可惜，江长夏也是好景不长。近几年农村社会转型，逐渐迈向工业化，农村人口向都市集中，养猪的人一天比一天少，少数养猪者也走向企业化的经营，聘有专业化的兽医，阉猪刀的生意就日坏一日了。

江长夏十分无奈地说："以前在庄下，每个家里都会养个三五头猪，准备过年过节宰杀，现在已经少有这一套了。有养猪的人专门养猪，一养几百头，阉猪的时候就找来医学院毕业的兽医，兽医怕猪疼，不但给猪做局部麻醉，还要消毒，简直比人割盲肠还要慎重！"

二十年依靠阉猪生活，把孩子栽培长大成人的江长夏，对于阉猪自然有一种难言的情感，谈到阉猪的难以为继，连脸上的肌肉都会不自觉地抽动着，激动的时候还会冒出一句：“干！以前每一趟去阉猪，回来还可以煮一锅汤哩！”

江长夏放置在橱柜中的阉猪刀已经生锈了，而且一点一滴被岁月腐蚀，恐怕在未来的日子中已经不可能磨亮。它退缩到江长夏心中，成为微弱闪烁的火花，有一天终要被社会的进步灭熄了。他不是个案，而是所有阉猪人的写生。

“槟榔刀”日益难做

同阉猪刀一样相传日久的是槟榔刀。槟榔，曾经是农村社会中极重要的零食，也是交朋友时很必要的赠与物。它的功用与今天的香烟一样，朋友相见总要先请一个槟榔，陌生人第一次见面也要先请一个槟榔。

这种农村社会极突出的特色，竟使以前初次到台湾的外国人大为吃惊，甚至闹出以为中国人是东亚病夫满街吐血的笑话。

早期的台湾农村，嚼槟榔成习的村人相当多，也就造成农村环境卫生的死敌，我们走在村道上经常会看到路上有许多槟榔的红渣，既不雅观，也不容易清理。

在槟榔最盛的时期，获利最多的不是栽种槟榔的农夫，而是卖槟榔的小摊贩，因为他们的价格随着农夫的收成涨跌，永远有一定的利润，也使槟榔刀大兴，几乎到了三步一摊的地步，而且他们是可以随时流动的，并不因时地而受到束缚。

一直到这两年，槟榔的嚼用者日渐减少，这种减少的趋势不是某地的，不是大家不再嗜好槟榔，是由于许多嚼槟榔有害身体健康的医学报告不断被提出来——甚至到了有百害而无一利的地步。对身体，它会造成口腔癌，以及肠道的阻塞；对美观，它会使牙齿黝黑，产生臭味；对环境，它会造成社会的脏乱。日渐明了了这些害处，年轻人也就视槟榔为畏途。

嚼槟榔的人大量减少，最直接影响的也不是种槟榔的农夫，因为他们可以改种其他的作物，受影响最大的是卖槟榔的小摊子，生意大受影响。

以前到处可见的槟榔摊子渐渐销声匿迹，渐渐变成一个乡镇仅存一两个摊位，供应一些无法戒除的老槟榔客，在都市摆摊子的更是少之又少。我访问到在台北市北门摆槟榔摊子摆了五年的陈小姐，她的摊子还是父亲传下来的，对槟榔的日趋没落有相当深刻的了解。

据陈小姐的分析，嚼槟榔的人最多的是年轻的出租车与货车司机，其次才是嚼了几十年槟榔的老人。她说：“槟榔的害处当然大家都知道，但是，它有一个好处是不能忽视的，就是能提振精神。长途驾车的司机先生，有许多是靠槟榔提神的，尤其是在冬天，槟榔还可以暖身。”

她的摊子因此才能勉强维持，至于槟榔被戒除，原因不仅是它对身体有害处，与它的价格也有关系，她说：“最早以前，一块钱可以买十个槟榔，后来一块钱只能买五个，去年初变成两个一块半，现在则是一个一块钱，最贵的时候高达三个十元，有些瘾头大的人一天要嚼五十个槟榔，谁还吃得起槟榔呢？”

槟榔价格的不稳定，使许多人戒了槟榔，农夫们因此不肯专业种槟榔，生产量有限，价格当然贵了。

陈小姐还向我说明槟榔的吃法有两种，一种是整个槟榔包叶子，专供瘾头大的人食用；另一种则是将嫩槟榔剖开，里面包上石灰、甘草及老藤，供给一般的客人。

她一边说明，一边用小刀熟练地剖槟榔，并迅速地将石灰、甘草与老藤包在里面，姿势十分优美。这虽然无需什么特别技术，但是要把槟榔剖成螺旋状也不是一天两天的事。在收入方面她的感慨很多，当一元十个槟榔时一天也能卖个三五百元，现在一元一个，一天也仅能卖三五百元，实在赶不上飞涨的物价了。

陈小姐说到槟榔的生意难做时说：“以前景气的时候，这个专卖槟榔的摊子就可以使我们一家五口温饱，现在还要杂卖香烟和果汁零食才有办法补足。”

将来槟榔的前途如何呢？陈小姐认为回生乏术，她说：

“槟榔是中国人的口香糖，现在口香糖那么多，又便宜又没有害处，谁肯来吃槟榔呢？”

这真是个现实的问题，槟榔刀在面对现代社会的进程时，失去它的立脚处，也就免不了没落的命运了。

从“剃头刀”到“马杀鸡”

在过去的农村社会中，剃头是一件相当有诗意的事。剃头师傅挑着担子从乡路上走过，一路叫着：“剃头！剃头噢！”乡人闻到剃头声，有需要理发的人集中到街上，剃头师傅把担子放在街边，就开始工作营生了。

有些大户人家会有长工出来，把剃头师傅请到家中理发，家里大大小小均排队候剪，剃头师傅则干净利落地帮人修剪头发。

那时的理发当然不像现在讲究美观，追求所谓的艺术，但那却是一项更生活化的艺术，剃头师傅因为是巡回理发，对于邻近发生的事了如指掌，他会一一把看到的、听到的讲给理发的人听。我小时候一听到剃头师傅来了，一群孩子便跑去围在他的身边，听他娓娓道着远近的乡垣故事，听得入了神，即使理完发也不肯离开。

剃头的美好记忆远去了，它的性质也随着社会变迁而更替。

先是由原来的剃头师傅都是男性，变得愈来愈多的女性理发师，起先也只是理发，后来服务项目加多，从理发、修指甲、擦皮鞋、挖耳孔，一直到目前的马杀鸡。

马杀鸡指的是一种全身按摩。理发店为了招徕顾客，一方面讲究豪华无比的装潢，一方面则招聘了许多美女，逐渐演变成色情马杀鸡，理发店成了色情的温床。好此道的顾客们去理发已不再是理发，而是“发翁之意不在发”了。

这种奇怪的社会现象，使想纯理发的男子望理发店而却步，警方也因此伤透脑筋。不久前，台北县永和镇的十二家纯理发业者还联名陈情，请警方加强取缔马杀鸡以维护业者的清誉，这个陈情的结局当然是落空了，因为这是一个复杂的“社会问题”。

一位在台北市城中区开了十余年理发厅的林维英，对这种现象感慨不已，认为理发业落到今天这步田地，实在不是从业者所愿，可是社会风气如此，不马杀鸡则没有生意可做，大部分的从业者只好随波逐流。

当我们谈到过去的剃头刀时，他的感触特别深刻，他说：“以前那种方式赚的钱没有现在多，但是大家安业乐业，也得到社会的尊重，现在的理发店大发利市，社会地位却愈来愈低了。”听听林维英的心声，倒觉得我们的社会并不一定是笑贫不笑娼，而是其中自有一种人格的判断。

关于取缔色情马杀鸡，林维英认为只是治标的办法，如何改善社会风气，使大家不淫逸、不好色才是治本的办法。

剃头刀落到今天的地步，恐怕是当初任何人都想象不到的。

从“江湖三把刀”看社会

回顾三十年，“江湖三把刀”中有两把刀生锈，几乎到不能使用；另一把则过分犀利，甚至把社会切割了一道很深的伤口。从这里，确实能体察社会经济演变的情形。

阉猪刀的走投无路，代表了农业社会养猪经营的企业化，也代表了社会三十年的教育中培育了不少优良的兽医，更是一种社会观念的革新。槟榔刀不再有旧日的辉煌，则表示了民众生活的改善，以及民众追求更科学、更健康、更干净的社会生活，这两把刀便免不了被淘汰的命运。

剃头刀变成理发业的色情泛滥，则显然是经济进步过于快速，社会道德与文化气质无法跟上的结果，人民平均收入增加，饱暖思淫欲，也呈现了经济高度进步的后遗症——社会的堕落与奢靡。

观察“江湖三把刀”的演变，我们必须有所警觉，不仅要维持从农业到工商业快速的进步，更要紧的是，不要使得来之不易的进步流于道德败坏的深渊。

“江湖三把刀”也反映了传播事业的发达，它不再是口传的、美感的，而有更深更广的触点，以及更确实的消息捕捉。

香蕉王国

唯一的景观

车子行在台南往旗山的路上，左边的山高而陡峭，右边的谷深且险峻，一条细而弯折的路便在山群里蜿蜒，自龙崎到内门的一段是这条路的精华所在。车窗外的风景变化万千，没有一刻相同，近处被烟尘飞扑而成的灰蒙蒙草树，远处苍翠欲滴的山，更远处蔚蓝的天多变的云，谷底清澈的溪流，形成许多令人留恋的风景。

这条小路在三年前还是飞沙走石烟尘满天，尘沙经常随着车速灌进窗里，一直到两年前才历经万难铺上柏油，使行在山中观赏好山好水才不会被灰尘所苦。

车过内门，旗山的形貌才慢慢突显出来，起先在零落的村庄间有小规模的香蕉种植园，间杂着竹林、果园，或鸡鸭养殖，偶尔还穿插一两个鱼池。渐行渐深，才猛然发现右边是蕉园，左边也是蕉园，前前后后都是蕉园，景观变得单纯而整齐了！奇巧的风景有变化的情趣，单纯的风景却更让人感知大地的雄浑与魄大。

一直到旗山镇中心停车，我们才领悟到为什么这个质朴单纯而可爱的小镇被称为“香蕉王国”，因为香蕉是旗山除人和建筑物外唯一的景观，这个景观在旗山至少也有百年的历史了。

旗山的对外交通依据四条马路，一是途经内门、关庙往台南，二是路过楠梓往高雄，三是横越美浓、里港往屏东，四是纵跨新威往六龟而接南横，但是不管从哪一条路进入旗山，风景都是香蕉。

香蕉的美是很难言说的，在圆满的茎上有八到十张巨大的叶片，吐出的花蕊仿佛一颗巨大的橄榄，然后白花吐出一串串密接结实的果子，它的果实也是厚重而巨大。如果我们看着香蕉做联想，它像是伸出土地的一只大掌捧着一串甘香的果实，又像是一把伞撑着，让我们能凉沁沁地自田埂走过。

看到香蕉，我便思及小时候砍焦叶当伞的美好记忆，香蕉在水果里，也是我心里唯一的景观。

蕉农的一天

我是一个在蕉园长大的孩子，家里种香蕉传到我已经是第四代了，香蕉与我们密不可分，所有的心力用来培植蕉园里的香蕉，所有的生活所需也仰给于香蕉。我们在蕉园中游戏，在蕉园中成长，靠在香蕉树上温习功课，种种记忆的美好，使我对香蕉生出一种莫可名状的情感。现在要动笔写香蕉，写香蕉园的人与物，我抱着一种感恩和虔敬的心情。

香蕉收割和稻子收割一样，在农村里是很重要的事，前一天青果社的职员就会到处通知隔天要割香蕉，他会说："明天交香蕉，在橘子园那个场，不要忘记了。"镇里的人也会一个传一个地传遍了。

一大早，妈妈就把我们兄弟唤起来，给我们每人一件沾满香蕉汁的香蕉园工作服及一顶遮阳的斗笠，然后吃一餐丰富的早餐出发。等我们抵达香蕉园时，爸爸和工人们已经忙了一段时间，成熟的香蕉已收割好摆置在地上。

我们小孩子的工作就是下果头——把一串香蕉割成一粑一粑，和采香蕉花——将还粘留在蕉尾的枯萎花蕊摘掉，整齐地放在挑担上，让身强力壮的工人挑到香蕉场去验关。蕉场的员工很严格地将坏香蕉淘汰，以保护质量，然后将好香蕉过磅秤，写成单据交给蕉农，这时工作已完成，过几天，蕉农们就可以在信用合作社领钱了。

收完香蕉，不管价钱好不好，蕉农们都很高兴，会三五好友到妈祖庙后的摊子饮烧酒到深夜，我爸爸在香蕉收割后就经常夜半喝了酒吹着口哨回家。

蕉农最值得庆幸的事，是他们不像种稻子的农民，收成一年有两个分明的句点，他们的收成是逗号，三天两头就收割一次，经常的收成使人打心底快乐起来。

三十年的途程

我快要三十岁了，我成长的岁月几乎是台湾光复的岁月，对于日据时代的悲苦只能从父辈的口中得之。对于光复以来这一段漫长的迈向更好生活的路途，我却是亲自耳闻目见。

三十年中，香蕉王国有不少变化。我的幼年时代，香蕉刚刚开辟外销市场，蕉农的生活非常单调，收入平平。我黄金般的少年时代，也是香蕉的黄金时代，一公斤香蕉卖四到六元之间，那时一斗米只要四十元，一串香蕉大约二十五公斤，可以换四斗米。到了现在，香蕉又稍微没落，比起最好时差一点，比起才光复时却又不可同日而语。

香蕉的好坏直接影响了旗山市镇的景观，一九六一到一九七一年间，穿沾满香蕉汁衣服的蕉农却是百万富豪。那时候，镇内楼房大兴，奠定了今天繁荣的丕基，农会存款占全省乡镇第一位。旗山的影响力日益增大，成为附近邻镇的交会处，近在圆潭、内门、杉林、溪州、美浓，远到里港、新威、六龟，都以送子弟到旗山读书为荣，旗山成为他们赶市集的地方。

旗山便不再纯粹是“香蕉王国”，它由单纯的农业镇成为商农并重的市镇，许多蕉农开了商店，一方面经商，一方面还固守祖业，几乎人人都发了财。近几年香蕉比较差，非但没有削减旗山的活力，反而使它的商业活动更频繁更活跃。

或许有人会问，是不是有实例呢？我想，旗山镇的外表本身就是最好的实例。二十几年前，旗山镇的中山路还是一些零零落落的平房，居住了很多农户，现在的中山路没有一间平房，是旗山最热闹的商业区；以前居住贫户的溪底仔，现在成为市场，每星期五有个商展拍卖，远在二十公里外的人都会跑来参观抢购。凡是商业中心，旅馆业必然兴盛，旗山车站前一条五百公尺的路段上有大小十家旅社，设备之豪华比起一流的观光饭店也不逊色。

再说到人方面，二十年前在我家做长工的玉豹叔仔，现在儿子都成家立业，拥有自己的宽广四合院和一片香蕉园，只要别人有的电器用品他家都有。十五年前在我家割香蕉的工人阿清哥仔，已经拥有自己开“怪手”的事业，儿子功课很好，充满了光明的远景。还有……还有……只要我想得到的旗山镇人，生活都比以前好，没有坏的。

自己人替自己人想

有一次，我和玉豹叔聊天，谈到旗山这些年来飞跃的进步，他感慨地说："这个是自己人替自己人想，如果是日本尚存，哪有今天？"他把"光复"称为"自己人替自己人想"，看起来简单，其实包含了很深刻的意义。

一个长工经过奋斗，与他原来的主人生活水平拉平，一方面表示这块土地充满了希望，人人在这里有更美好的将来；一方面也是台湾当局的均富政策收到了成效，把农民当成自家的子弟爱顾的成果。

大略而言，台湾当局如何"自己人替自己人想"呢？早期的三七五减租、公地放领、耕者有其田自然是最明显的例子，让佃农、长工都有了自己的土地。而且，每次台风来，台湾当局对受损的香蕉都有合理的补贴；每次病虫害派遣专家研究消灭，并发给补助金，设立贷款制度，使无本的农人也可以大规模经营；奖励综合性经营，补助购买猪只和鸡鸭饲养等等。

最近，我特地回到旗山，在香蕉场和许多种了数十年香蕉的父辈交谈，他们都对近来香蕉价格没有黄金时代好而叹息。但是大家都相信，这只是短暂的低潮，就整个市镇的进程而言，从远处看，旗山充满了新兴商业市镇的生命力，它必然有高潮，必然会向更好的路上走。

在“自己人替自己人想”的台湾当局领导下，我们绝对可以信任的便是，旗山的水利、旗山的蕉价、旗山香蕉的营销、旗山人更好的生活，不仅是农民的心愿，也是台湾省政府的心愿。

香蕉王国的前路

为了更进一步了解旗山未来的前途，我访问了连任旗山镇长的吴基政，他和世居旗山的农民一样，真正爱旗山，对旗山的将来在言谈间流露了很深的关爱。

吴镇长表示，旗山的人口共有五万三千余人，有一万零一百零六户，其中香蕉户为四千四百五十户，商户为一千二百五十户，香蕉户也有一部分兼为商户的，因此旗山转型为商业镇的迹象相当明显，我们考虑旗山前途时，自然应以商业为前提，以农业为基础。

吴镇长表示：纯粹的香蕉经营自一九七三年因南美洲香蕉在日本市场低价倾销，使香蕉的价格不能平衡，蕉农的生活自然受到影响。但是就旗山镇全镇而言，它是南屏和高屏道上商业、文化、交通中心，如果能将高雄和旗山间的道路拓为四线道，缩短行车时间，并且配合高速公路和高雄港的建设，将会使旗山的商业更为发达。

在吴镇长任期内，中山公园大工程建设竣工，南屏公路铺了柏油，中山路的拓宽均已陆续完成，现在筹划兴建的大规模高雄客运旗山站正等待县府核准中，可望于近期批下来。这个营运重点一旦完成，无疑地会使交通跨前一大步。

吴基政说："旗山还不单纯是农业和商业镇，它的观光潜力也很雄厚，中山公园的秀美、济公大佛的雄伟、三桃山的奇绝，可以作为自成单元的观光区。如果与美浓的中正湖、黄蝶翠谷，六龟的彩蝶谷，内门的观音亭相呼应，将成为南部观光的重镇。"

访问吴镇长的那天清晨，我走出镇公所，不但看见旗山未来的蓝图，也思及三十年来旗山的种种变革，它由平淡到富裕，由单纯到繁荣，由农业到商业，由乡居到现代化，不正是一幅台湾光复以来进步的缩影吗？

阿公阿婆游台湾

赤子之心

像是进香朝圣，三辆挂着大红布的豪华游览车，一路由台北向中部进发，路上的行人看到游览车都仰首注目，平常虎虎生风的出租车、货运车也纷纷减速礼让，为什么这三辆车最受到注意和尊重呢？仔细看，才发现不是进香，车上的大红布写着“阿公阿婆游台湾”。

阿公阿婆游台湾的第一站是高速公路，车子像一枝脱弦的箭在路上奔驰。车上坐的阿公阿婆平均年龄是七十一点八岁，车内洋溢的却是朝阳初升的热闹气氛，在导游人员的引带下，时光仿佛倒流了五十年，阿公阿婆们踊跃地玩游戏，还争着表演节目。

来自金门的七十岁阿公陈期碧精神最为硕健，一连唱了几首民谣小调，应大家的要求又唱了一首英文歌——《唱半天》，连他也说不清是什么意思，大家热烈地鼓掌，使他忍不住又高歌一曲《我爱中华》，唱完他问：“这回你们总该听懂了吧？”惹得大家都哄笑起来。

来自台南的李天成，以前是演布袋戏出身，听到别人唱歌也忍不住喉痒，临时自编自唱了一首客家调：

终身哪哟，不知哪认真，
只是夜里翻身哟，梦见哪成功，
就永远不能哟，享有哪老年的幸福，
能和阿公阿婆哟，出来哪做伙游玩，
真是哟，千年的缘分哪。

李天成今年六十八岁，他曾演了五十年布袋戏，现在虽然退休了，还是中气十足，声调慢美，尤其是临时编唱，令其他的阿公阿婆大为赞赏，应要求又唱了一首通俗好听的《天空落水》。

接着，许多阿公阿婆不甘人后，也纷纷拿麦克风唱起来，有的声音已经沙哑，有的牙已经掉光，有的歌词已记不全，但是在此刻，他们仿佛忘记自己已是七八十岁的老人了，相互间做着很好的沟通。

有的阿公阿婆表明不会唱歌，便纷纷讲起笑话，像七十五岁从金门来的黄天从说：“今天早上，服务小姐问我为什么不刷牙，以为我不讲卫生，我张开口给她看，我说，我一颗牙都没有，还刷什么牙？”这段话深得阿公阿婆们的心，引得大家笑哈哈。七十岁的林主武也是来自金门，他代表所有的阿公阿婆向主办方国际狮子会表示谢意，并为自己能参加这次的游台湾感到高兴。

看到阿公阿婆们快乐的神采，年老了犹保存赤子之心，真能让人感知精神的健旺对支撑肉体是很有大力的。

谁的阿公阿婆？

举办阿公阿婆免费旅游活动，是很重大的事情，在世界上恐怕也是首创。

这种大规模的旅游活动，是由一向以社会服务为目标的国际狮子会主办，在狮子会的庞大组织下，阿公阿婆不论到任何一个地方，都有狮子会会员妥善照顾。

尤其是随行的狮子会会员更是热心有加，沿途充当义务向导，为阿公阿婆介绍美丽的风光。坐在第一车的国际狮子会总会理事长蔡馨发更是辛苦，为了这一次旅游的筹备到处奔走说项，并在行程中处理琐事，由于说话过多导致支气管发炎，他依然穿着紫色的制服，精神奕奕地工作，使阿公阿婆看了都心疼。

为什么对举办“阿公阿婆游台湾”能如此热烈诚恳毫无怨尤？蔡馨发表示，老年人是社会的智慧，他们在过去的数十年岁月中曾为社会奉心献力，到老了无法工作，理应得到妥善的照顾，这不但符合了中华民族传统的伦理观念，也是孔子说的“老有所终”的理想。

蔡理事长说：“我们今天招待阿公阿婆，并不是招待某些少数人的阿公阿婆，而是整个社会的阿公阿婆，我们大家的阿公阿婆。”

在五年前，基督教福利中心就曾经尝试“阿公阿婆游台湾”，由于经费有限，都是零星地举办。一直到前年，蔡馨发有一次到金门，看到当地政府办理的“小金门阿公阿婆游金门”，觉得很有意义，回台湾后便有系统地筹办“金门阿公阿婆游台湾”。由于去年的成功举办，今年便扩展到台湾省及马祖，以期这项活动能有更大的影响。

然而并不是每一位阿公阿婆都能参加这项旅游活动，在狮子会与有关单位研究后，订出三个参加的条件：

1. 年龄在六十五岁以上。

2. 家境清寒，终生未离开故里。

3. 身体健康情况良好。

以这些条件为基础，经全省各乡镇区推荐，并做过详细的身体检查后，今年共有一百一十二名阿公阿婆参加旅游，其中金门占三十名，马祖二十六名，台中二十八名，台北市二十八名，平均年龄为七十一点八岁。

参加的阿公阿婆们均未离开过故里，使这项活动显得弥足珍贵，这短短的一星期将成为他们晚年最值得珍惜的一段日子。

千年的缘分

散居在金门、马祖及台湾省各地的阿公阿婆聚集在一起，对阿公阿婆而言是一种机缘，正如李天成唱的是一种千年的缘分。

同样地，为了妥善照顾阿公阿婆旅游期间的生活起居，来自儿童保育协会的四十三位育幼人员，也分享了这种机缘，他们经过千挑万选后才能担负照顾阿公阿婆的重大任务。

我访问到儿童保育协会的总干事黄南壎，询问有关此次旅游照顾上的问题。黄总干事表示，“阿公阿婆游台湾”是很有意义的活动，儿童保育协会一向是热心支持，虽然是完全无报酬的服务性质，每年志愿参加服务的还是非常踊跃，因此不是报名就可以参加，还需要经过严格的挑选。

像今年，参加服务的小姐们，基本上都是在育幼人员训练中心受过良好训练的。首先征求一百余名的志愿者，经过一段时间的座谈训练，再挑选出合格的五十名。名次决定后，确实检核这一星期中没有其他会耽误行程的事情者，再挑选出四十三名。

每一位服务小姐全天候地照顾三位阿公阿婆，照顾的工作包括安置寝食、扶持行走、照顾上下车，甚至替他们写信，侍候浴厕，可谓无微不至。因此在短短的一星期中，阿公阿婆与服务小姐已交成很好的朋友。

这四十三位小姐在幼儿园中都曾担任过一段时期的老师，认为对老人和小孩的照顾是相似的，尤其七十岁以上的人，心理上往往返老还童，有天真的赤子之心，他们在年龄上虽然相差一代，也能融洽无间。

最可贵的是，服务员中有九位是远从马来西亚、文莱和韩国来台湾受训的侨生，志愿加入服务的行列。据她们表示，岛内这项老人的服务很有意义，使她们深刻地感觉到人情的温暖。

一星期以来，服务小姐们热诚的服务、细心的照抚，不但使老人们心情非常愉快，也令我们看见今日幼儿教育和老人福利充满温馨的面貌。

五十年前的红花

阿公阿婆们一路南下，经高速公路参观桃园机场，到山明水秀的慈湖参观蒋中正的灵寝，到壮丽雄伟的石门水库观光。

接着，夜游溪头大学池，往日月潭览胜，看到许多很能涤心去虑的灵山秀水。

最后一天，阿公阿婆从秀美的风景抵达热闹的台北市，不但郊区的指南宫、动物园、恩主公、龙山寺都玩过了，还参观了现代化的报社，到电视台参加《飞燕迎春》综艺节目的录制，还到人人百货公司购物，看遍了最安静的乡野风景，以及最热闹的市区景观。

阿公阿婆每到一处都掀起欢迎的高潮，各界的欢宴与赠送礼品，使他们因长年受风霜的粗糙脸庞也仿佛嫩绿的春天的晴日。

由于一生都守在乡里，他们对周遭的一事一物均感到相当的好奇，也因此发生很多有趣的事。

像在游览石门水库旁的亚洲乐园时，有的老人一辈子没有坐过这些为儿童设的电动游乐设备，坐上去后才知道刺激而大呼小叫。其中来自台北县的王连城，七十七岁了，看到电动玩具后童心大炽，几乎每一样都坐遍了还不过瘾，吵着要坐时速两百里的云霄飞车。服务小姐拗不过他只好陪坐，没想到坐完后他满面笑容，小姐们倒吓得花容失色了。

在电视台参观，阿公阿婆看到奇装异服的影星歌星，看得目瞪口呆，不断地鼓掌喝彩。来自马祖的陈尔祥，是一八九六年生的，对歌星史萍萍最时髦的灯笼裤有意见，用浓重的福州口音说："那不是我小时候穿的那种裤子吗？"

到台北市动物园参观，是"阿公阿婆游台湾"的最后高潮。来自世界的珍禽异兽，让历经七八十年人世沧桑的阿公阿婆赞叹不已。最让他们流连忘返的是骆驼、鸵鸟、大象、河马、灰熊、长颈鹿这些庞大而造型特殊的动物。

有的阿公阿婆买了一大袋花生和饼干，到处喂动物，这时他们连嘴都笑得合不拢了。

在阿公阿婆中有一对夫妻十分引人注目，那是来自永和的厉月安和唐孙氏。他们在旅游的几天中，相互扶持，状极亲密，问起来，原来在游台湾的这几天，正好是他们结婚五十周年。他们抚着胸前台中市政府送的红花，回想起五十年来的婚姻生活，脸上露出十分欣慰的笑容说："这是我们的二度蜜月哪！"

岁月已经流去了，阿公阿婆生命的热流依旧像胸前的红花，璀璨而有光泽。

行舟逆水总有路

平均七十一点八岁的阿公阿婆们，在经过一星期马不停蹄的游览活动后，不但不觉得疲惫，精神反而益发硕健。据他们说，平常走上三五里路都不觉得累，坐汽车游览有什么累？唯一不习惯的是，游览车的冷气太强，使他们风湿的老毛病又隐隐发作。

为什么年纪这么大，还能保持如此硕健的身体呢？每一位老人对这个问题都有一套养身之道，也是年轻的服务员最想知道的问题。

年纪最大的颜智士，今年已经八十六岁了，须发俱白，步履稳健，经常被围着问东问西，他摸着胸前的长须，大谈人生：

“人生像是两条船行在河上，东边的船向东，西边的船向西，东船顺风的时候，西船就逆风，东西两船不能全是顺风。所以遇到逆风的时候，我们要想另一边是顺风的，如此便能坦荡无所惧了。

“人不能常吃甜，吃多了会生病。生命也是一样，要酸、甜、苦、辣掺杂着吃，吃苦吃久了，自然能吃甜的。人是天生地孕，神明会保佑，遇到再大的苦难都可以度过的。”

颜智士来自桃园县杨梅镇的乡下，也没受过什么教育，但是他出口成章，依据他的经验能说出非常可贵的道理。从他经过八十六年的生命历程，还保有翩翩的神采，我们可以推想到他一向的神态自若了。

另一位刘鹏老先生也喜谈人生经验。他今年七十五岁，比起其他年长的阿公阿婆还是小弟弟，谈起养生之道也是句句珠玑，他认为：

“人的生命好像爬山，路途不会一样，我们在路好的地方要大步走，路窄路坏的地方要放慢步伐走，这样就能通行无碍了。”他还强调中年调摄的重要，如果在二十五到四十岁时打好基础，每个人都能长寿。

如何使这个活动办得更好

十月二十一日，阿公阿婆已经结束了旅游活动，所有的阿公阿婆们对于他们这一生最可贵的旅游，都表现出依依不舍的情绪。

吃完最后一席晚餐，我的随团访问工作也结束了。向阿公阿婆们告辞后，我走在台北市繁华的夜街上，回顾一星期来的旅游活动，与阿公阿婆们共游、共食、共寝，也和他们有更多更深入的接触，我发现，虽然这次活动，狮子会及其他单位在尽可能的范围内已安排得相当精到周至，还是有一些可以改进的问题，提出来或者能供明年举办参考：

今年的阿公阿婆来自金门、马祖及台湾省的大部分地区，独缺澎湖一县，可见在面的广度上仍有待加强；

参加的阿公阿婆仅有一百一十二位，相信其余符合条件的老人还有更多，在甄选的深度上还可加强。应提供更多的机会，使更多的老人能享受这项福利；

行程上过于仓促，阿公阿婆每游一地都无法尽兴，机关首长的拜会与讲话耽误了许多时间，应该在时间上做更有利的调配；

今年最遗憾的是，马祖的阿公阿婆无法如期抵达，耽误了两天游览的行程，显然在船期的安排上把握得不够精确；

在饮食上，阿公阿婆们每餐都在大饭店进食，鸡、鸭、鱼、肉过于丰富。往好处想，固然是招待者的热诚，挑剔地看，却并不很适合老年人健康，致使许多阿公阿婆肠胃不适。如果能煮一些可口适合老年人吃的食物——鸡鸭鱼肉也有另一种煮法，将使阿公阿婆吃得更愉快；

整个活动的行程中没有给各地阿公阿婆交谊时间，他们除了在游览车上各自表演，几乎难得有机会和其他人沟通。据许多阿公阿婆向我表示，他们是很向往这种交谊的。

以上都是在鸡蛋里挑骨头。从大处看，这个活动相当温暖而成功，阿公阿婆返乡时，提着各地赠送的一大箱礼品，都还兴奋地回味着旅途上的点点滴滴，也对狮子会的举办表示十分的感激。

“阿公阿婆游台湾”已经有很好的开端，我相信，以后不但会更深更广地办下去，也必然会办得更好。

香火要延续

“阿公阿婆游台湾”的几天，大甲来的张木火一直坐立不安。我问他什么原因，原来他在大甲镇的百姓庙当庙公，每天早晚烧香两次，现在却没有人烧香了。

他说：“我出来玩这么多天，庙里的香炉都冷了，也没有人烧香，神明会生气的。”

不管我如何安慰他，他依然忧心忡忡，使我十分感动。老年人依然有很重的责任心，表示他的心力并不因岁月的磨折褪色，由于生活的锤炼显得更强固。

后来我告诉他，乡公所既然推选他来参加“阿公阿婆游台湾”，必然对他的工作也有安排，一定会使他的庙中香火不断，他才放下心来。

他对香火的执着却引发了我很深的感触，我觉得“阿公阿婆游台湾”固然是很有意义的活动，它的意义应不仅止于年老的人得到社会的反馈，而是启示年轻人，这些阿公阿婆已经为国家社会付出了力量，理应安和地享受他们的晚年。他们用生命所燃起的香火，我们不但要勇于继承，还要往后延续下去。

第二辑

都市的脸

布马·皮影·新公园

台北人看野台戏

三月十日在台北市新公园的音乐台，有一场盛大而热闹的野台戏表演，对于看惯电视、电影的台北人，是一种从未有过的经验。

表演是在夜里七点半开始，早在黄昏六点钟的时候，已经有一群人陆续到音乐台前占位置。原来是情人约会之所的宁静音乐台前，蓦然间热闹起来，这固然是由于当日演出的皮影戏和布马戏吸引的力量，更大的吸力恐怕是来自台北人对野台戏的怀念或好奇吧！

长久以来，台北人和野台戏似乎是两个脱了节的名词，他们通常观赏的戏剧、电影或其他艺术表演，都是在一个设备完善的表演场里，有沙发椅，有冷气机，有多变化的灯光，这样的设备对艺术表演固然有好处，但是已经很难体会到地方戏在乡野民间演出的情趣了。

占位置的民众到得早，负责演出的戏团到得更早，他们是来自高雄县弥陀乡的复兴阁皮影戏团，和来自云林县西螺镇的乐元堂布马团，下午时分就在音乐台上架起了戏台，在台里台外忙碌着。皮影戏演者整理着戏尪仔并挂在舞台的四周，布马戏团员则早已化完妆坐在大锣旁聊天了。

渐渐入夜了，可容纳一千多人的音乐台竟坐满了十成的观众，使有点凉意的夜色也显得暖烘烘，人声夹着笑语向四周扩散开来。这是一个值得纪念的日子，皮影戏和布马戏在台北露天的场合演出是第一次，台北观众能随意自适，不买门票看如此可贵的民间戏剧也是第一次。

当锣鼓声急促地敲响，更多的人潮也像锣鼓的落点急速地涌到音乐台，到开演前已经拥挤了四千多位观众，把音乐台前的座椅间隙也填得水泄不通。

我们来懂皮影戏

由于来到新公园音乐台前的观众绝大部分没有看过布马戏和皮影戏，主办单位设想得很周到，先在演出前做一个概略的说明。

说明的工作由雄狮美术的编辑奚淞负责，他带来了一大叠幻灯片，把皮影戏从皮影子的制作、特性、演出的情形，以及皮影戏的历史做了一个简短的说明。

奚淞在说明中打出一张幻灯片，说到那是他八年前在电视上拍到的，然后他游学法国，看到法国的收藏家与博物馆收藏了许多皮影戏偶，但是却没有一个会演的人，没想到八年后的今天才有幸一睹皮影戏的风采，不禁感慨系之。他希望大家来看皮影戏，来懂皮影戏，千万不要让可贵的民间戏剧从我们的生活中消失。奚淞的希望应该也是所有关心民间文化的人的希望。

说明的工作进行了十几分钟，观众已经大略知道皮影戏是什么，才开始演出。

为了大家能初步懂皮影戏，复兴阁皮影戏团当天准备了一出文戏和一出武戏，每出各半小时，文戏《高良德》，演宋朝的一个官员因冤下狱，他的娘子苦心营救他，后来终于做了状元的故事；武戏演《孙膑下山》，是民间传说孙膑演练兵法的故事。前者偏重在唱曲和说白，后者偏重在演技及打斗，可以帮助观众对皮影戏做全貌性的了解。

以皮影戏的剧本和过去演出的性质，无法在半小时内做完整的故事演出，所以也只是演出该故事的片断。

皮影戏的影窗长仅五尺、宽仅四尺，在乡下通常只在小型庙会中演给几百人看。这一次到了台北新公园，没想到有四五千人一起观赏，后面的观众当然无法看见前面的动作，于是整个现场的秩序显得相当凌乱，后面的观众向前面挤，围在舞台四周挡住了前座观众的视线，几度劳烦警察维持秩序。

现场热闹的气氛，正是乡下演出野台戏的情景，秩序的凌散则是人数过多所造成的，这种热闹的气氛是十分叫人感动的。由人们挤着看皮影戏的热诚，或许已明白了皮影戏仍是具有相当大的吸引力——皮影戏的振兴，我们已看到一点端倪了。

皮影戏的演出进行到九点钟告一段落。因为表演进行中很多观众好奇地拥到后台欲一探究竟，主办单位为了让大家明白皮影戏后台的情形，特别把盖在外面的布篷掀开，加演十分钟，台后的观众都清楚看清“后场”配乐及演出的情形，更使演出达到了高潮。

主办单位请到心理学家吴静吉访问复兴阁的师父张命首和主演许福能。张命首今年七十七岁，是该剧团的灵魂人物，许福能今年五十七岁，是张命首的女婿——因为他没有儿子，只好传给女婿，他们都同时对皮影戏的前途感到担忧。

吴静吉先用闽南语访问，再以普通话传诵给现场观众，由于他的问话幽默，引起现场观众热烈地鼓掌。他最后问的一个问题是：“请问你第一次到台北演出，对台北的印象如何？”张命首的回答是：“我要去拆戏台，我不管台北人怎么看了。”

由吴静吉的访问中，我们知道复兴阁已经有五十几年的历史，它在传承中改变很少，所以是传统也很典型的皮影戏团，它的传统来自皮影戏长远的历史源流，它的典型则来自民间艺人对这项戏剧执着和专谨的态度。

传承久远的布马戏

皮影戏在暖和喜悦的气氛中结束，紧接着由程牛屎老先生领导的布马戏演出。

程牛屎今年七十岁了，但是他言谈举止间旺盛的生命力却年轻得叫我们吃惊，他似乎是中国乡间老而弥坚那一型的人，他乐天知命，安于自己的生活。最可贵的是，他把布马戏的表演看成一种光荣——是祖先留下来的光荣。

根据程牛屎的追述，他的乐元堂布马戏团已有一百多年的历史，是祖父传下来的事业，祖父为什么学了这 样技艺他也不知道，只记得幼年听父亲说起过：“是唐山的老祖父教的！”

其实，程牛屎传留下布马戏也不是刻意，是自幼随着父亲到处表演，自然而然地受到熏陶。他说：“我也不知道怎么学会的，看我阿爸表演就学起来啦！”

布马戏当然也像其他中国的民间戏剧，免不了因社会的转型而没落，本省仅存的几个团都是人数日渐减少，只有迎神赛会上做简单的即兴式演出，已失去布马戏的原貌，乐元堂布马戏团是极少数还维持严整格局的一团。他们的人数多达十二人，年龄则从最小的七岁到最老的七十岁，全住在西螺镇埔心村中，多少有一点亲戚关系。

以严格的戏剧形式来说，布马戏自然还不能称得上是戏剧，由于它并没有语言，故事的进展也十分简单，更没有道具及舞台设施，所以，它仅能说是具备了戏剧的雏形，介乎舞蹈和戏剧之间。可是追溯到它的历史，却是少有的长远和深刻。

唐朝李白的诗句《长干行》中有两句“郎骑竹马来，绕床弄青梅”，用以吟咏童年伴侣生动的情状，一般相信，竹马是布马的前身，它便是儿童用一根竹竿挟在胯下，来模仿大人骑马的种种动作。但是，竹马从游戏成为表演，是在宋朝以后，南宋周密著的《武林旧事》中就记载了竹马表演的事情。后来的布马便是依此用竹编成马形再加上布套，在宋代以后逐渐演变成民间小戏。

布马戏在演出时配以锣鼓，再加上一些管弦乐器，它在情节上虽然非常简单，表演的动作与节奏却复杂而紧凑。它包括了牵马、上山、下山、过河的滑稽动作，也有马绊倒、马踢人、马落河、马陷泥沼等较细腻的象征的动作。

以乐元堂布马戏团为例，他们通常表演的项目有六种，除了《拜马》《三仙门》两个民间戏剧必有的“扮仙”仪式，还有“参神”“四门”“困塘”和“五方”四种。其中，“困塘”和“五方”动作较繁复，是演马陷入池塘和泥沼的动作。

程牛屎表示，这六种项目都是在迎神赛会和民间节令中演出，另外还有两种是在驱邪避煞时演出的“七星”和“八卦”，“七星”用来祭煞，“八卦”则用来安神，都是使民间戏剧与神鬼迷信结合的项目。

简捷生动，奇趣突起

这一次乐元堂布马团上台北，动员了他们所有的人手，一共有十二人，包括团主程牛屎，四个在后场配乐的老人，以及七个十五岁以下的女孩子。

乐元堂的后场有四种乐器，大锣、小锣、鼓、古吹，都是简易的工作，负责的四人都是六十岁以上的老人。前场表演的四人是状元、侍从、马夫和船夫，分别由程牛屎、十三岁的李孔雀、十四岁的李面茶和李丽珍、十五岁的黄淑珠扮演。另外，有三位在场中翻筋斗的七八岁小女孩。

几个来学戏的女孩子都是因为家境贫穷，为赚取额外收入而来跟随“牛屎伯仔”学戏。

布马戏的配乐大部分是打击乐器，一开场就把新公园喧闹得如同迎神的庆典，整个新公园音乐台的观众全沸腾了起来。原来，民间那种兴奋的情绪是有强烈感染性的，它很容易吸引观赏者而使他们忘却一天的俗虑。

整个场中最引人注目的自然是“牛屎伯仔”，他表演布马戏到现在已有六十年的时间，几乎把整个生命投注在布马戏中。他腰身的熟练是经过岁月锤炼所得，每一个动作都生动有节，又能轻巧灵动，令在台下的每一位观众都禁不住赞叹，不敢相信他已是七十岁的老人了。

程牛屎所细心调教出来的几个徒儿也不含糊，她们的朝气勃发、意气扬扬和程牛屎的老练相比又另是一番境界。她们的身段动作比较夸张而急速，在程牛屎撑起饰有流苏的凉伞引导下，热闹而摇晃地前进。状元的布马固然鲜活地转头摆尾，更引人注目的却是他两侧的马夫，他们往往会在正常的步伐中突然翻几个筋斗，或者表演后扭腰，把身体向后弯成可惊的曲度。

布马戏的表演到了“困塘”“五方”两个项目时达到最高潮。布马陷在池塘和泥沼中，程牛屎用尽办法要救起布马，他们在一个小小空间中做出许多象征性的细致动作，使我们仿佛见到了布马真是陷进了池塘与沼泽，那是有一点中国戏剧最精粹象征的高妙了。

随着状元的陷马，锣鼓点渐渐急促，表演者已经忘我地扭动身躯，全身在初春的微寒中冒着热汗。台下的观众更是入神，不知不觉间移动脚步，把音乐台四周围得密不通风，小孩子穿来穿去，有几个索性爬到台边的树上。这时音乐台已经失去了秩序，然而在秩序的混乱中竟格外有一种欢乐妥切的气氛。

或者，本来野台戏的演出就是没有太严肃的规则与秩序的，拥挤、混乱，甚至爬到树上在这时特别自然，那是对戏剧的好奇与喜乐吸引他们如此去做，是一种自然的民间特质。我们到乡下看到一般看戏的人高高低低或坐或立，小孩或骑在大人脖颈上，或蹲坐在树上，就可以充分体会到这样的氛围。

我们喜欢来台北演戏

皮影戏的表演虽精彩热闹，总有完结的时候，到夜里十点，人群慢慢带着满足的心情离开。这时候，大家都有一个问题：为什么台北不常常举办类似的野台戏演出？此次演出是什么单位办的呢?

这一次的皮影戏和布马戏演出，说起来也是一次“意外”，缘起于台湾英文杂志社想要在台北办一个有关中国的文化活动，他们交十万元给音乐家许博允所主持的“新象活动推展中心”，请新象办这样的活动。

许博允表示，按照新象原定的计划，是在台北县三峡镇办一次“中国之夜”，包括舞龙、弄狮、琵琶演奏、捏糖人及许惠美舞团的民族舞蹈，预算下来，还有剩余的金钱，新象便自己提出三万元在新公园做野台戏演出。

此次野台戏的演出相当成功，它当然必须感谢新象活动推展中心所有同仁的全心投入，以及文化界有心人士吴静吉、林怀民、邱坤良、奚淞等人的细心筹划和奔走，也要感谢皮影戏主演许福能和布马戏团主程牛屎的卖力演出。

许福能和程牛屎以前都到台北表演过一次，许福能曾应邀在电视台演出皮影戏，程牛屎曾经在电视公司表演过布马戏，但是在电视上表演到底与野台戏有一段距离——那是一种情感比较疏离的演出方式，所以对于来台北演出野台戏是他们向往已久的事。

许福能与程牛屎均认为台北是“比较有文化的地方”，他们的“小戏”能到台北来演出实在是莫大的光荣，尤其是这一次上台北，有四五千位台北人来捧场，如此盛况即使在乡下也不多见，他们也确实感到自己的技艺是受到重视的，因此他们都表示喜欢到台北演戏。

说起来，本省的地方戏除了布袋戏和歌仔戏打破了地域限制流行全省，其余的地方戏都有它传统上的地域限制，像傀儡戏一向在东部演出，皮影戏长期流行中部地方，布马戏通常在中部表演，采茶戏则只在北部客家村演出等等。在大众传播如此发达的今天，地方戏犹不能向别的地区扩展，实在是很奇怪的现象。

在这个地方戏剧没落的时候，打破地区的限制应是一条可寻求的生机。尤其是台北人逐渐对地方文化产生浓厚的兴趣，台北应是一个可开拓的重要地区，如果能把地方戏剧一一引介到台北表演，对戏艺人固是很大鼓励，也是台北人的福气。

大众来关心地方戏

这一次皮影戏与布马戏在台北演出，规模虽然不大，意义却非常重大。它是第一次民间戏剧在新公园音乐厅的演出，也是由民间出钱的一次演出，使我们看到地方戏剧如果处理得当，还是有极光辉的前途。

同时也令我们思考到一个重要的问题，提倡或推行地方戏剧的责任，应该落在谁的肩上呢？是不是应该由政府机构来担负这个责任呢？

为平剧的乡下表哥喝彩

埋在心里的一炷香

白发苍苍的老阿婆在孙女的陪伴下，从远地的高雄赶到台北大龙峒的保安宫来了。

长须飘飘的老阿公提着一壶茶，从基隆的海边坐小火车来了。

许多对民间戏曲感兴趣的文化界人士，许多闻名而来的戏剧系学生，许多保安宫附近听到锣鼓声的老幼妇孺，都在午后两点半阴霾的天气中，赶到闹市中的戏台来了。

他们是来看许久未敲锣的子弟戏，来看灵安社成立一百一十周年的公开演出，来看看由大学生组成的年轻子弟有什么样的成绩。当然，他们内心怀抱着许多兴奋和喜悦，那是长久以来每一次野台戏演出时所涌动的自然情怀。

心里有许多的好奇与情绪，促使他们在戏开演前的两个小时，就已经到保安宫戏台前占位置，因为他们早就预料到这一次的演出必然会和往昔的子弟戏一样造成轰动。虽然他们大部分都很年老，为了更舒适安详地看戏，仍然提振精神早早来到戏台。

他们是不怕等候的，由于他们有茶有酒，由于他们在地方戏曲的没落声中，已经难有看野台戏的机会。为了看一场戏，他们不在乎路远，不在乎长时间的等待，因为，他们已经等候了很长的时间了。

这一次灵安社在保安宫演出子弟戏，是文化学院戏剧系国剧组学生组团演出的第四年，他们前三年演出的成功，曾为没落的子弟戏注入了新的生机，也使得地方人士增强了对子弟戏的信念。

五月二十日演出的戏目有三个，下午演出《富贵长春》和《晋阳宫》，晚上演出《南天门》。《富贵长春》是地方戏曲开锣时酬神的扮仙戏，用北管的昆腔唱，演天官紫薇大帝率着四功曹、五路财神、五花神下凡降福的故事。

由于北管子弟戏的音乐十分嘈闹，在直径长达四尺的子弟锣、通鼓、铙钹、哨呐的交杂下，显得充满喜庆的气氛。一开场，就把现场观众的情绪都带起来了，场外观众又陆续进来，坐满了庙庭，甚至连假山上台阶上都或坐或立地挤满看戏的人群。

文化学院的大学生们在台上卖力地演出，他们半年努力地学习，使唱腔圆润可喜，走起台步和动作也有板有眼，现场的阿公阿婆看到精彩处都给予热烈的掌声。我们看着地方戏曲的老饕们从心底闪炽出来的衷心喜悦，从而知道，他们不仅感动于子弟戏的精彩戏文，更感动于年轻人学戏演戏的热诚。

所有关心台湾地方戏的人，看到地方戏的没落总多少有些伤悲，他们把子弟戏的传续寄望在年轻子弟的身上，这个希望像埋在心里的一炷香，火光虽然微弱，在黑暗中却散发着温暖的光点，寂寞，但却有力地燃烧着。

中国基层文化的主流

民间戏曲的演出长久以来就是中国基层文化的主流，成为贩夫走卒、老幼妇孺最喜爱的休闲活动。他们不但从地方戏曲中得到娱乐，潜移默化中，他们能体察到中华文化忠孝节义的真精神，也体会到悠久历史传统的快乐。

可是由于中国文人承袭下来看不起优倡、皂隶的观念，使地方戏曲只能在社祭迎神赛会中娱乐民众，无法登上宫廷之堂，又由于地方戏演员的地位不被重视，一向都是贫贱人家的儿女才参加剧团，所谓“父母无声势，饲子去做戏”。但是这两个原因都无法影响地方戏的流行与推拓，它仍时时刻刻地在农村社会的每一个角落，敲响它的锣鼓。

子弟戏是地方戏曲中比较特殊的一种，由于子弟戏是业余剧团，它排除了“父母无声势，饲子去做戏”的因素，又广泛含容了中国戏曲文化的特色，成为有别于民间职业剧团的地方戏曲。

子弟戏团的产生是先人早期开台时，因对中土庙会酬神演戏的怀念，加上职业剧团付之阙如，地方人士便组成子弟团在酬神庆典时上台演出，它有两层其他地方戏团所缺乏的重要意义。首先，它具有“团结地方，守望相助”的意义，借着演戏，子弟们不致沦入歧途，在宗教与艺术的约束力下，使子弟们更团结，也使子弟戏成为高尚的良家子弟的团体。其次，它在锣鼓喧天的幕后，有着积极参与的社会意识，亲长们在台下看自己的子弟演出而获得娱乐，子弟们则在台上娱乐乡亲，这种情分的交感，是农村社会得以平和安详的汹涌主流。

这是一种永久而深入的力量。

年轻的戏剧系学生参与子弟戏的演出，更加强了这股力量；或者说，使这股曾是文化主流而今日愈消沉的力量重新振奋，它保留了子弟戏中人文的优点，粉碎了知识分子看不起优倡、皂隶的偏见。

这种民间与社会的参与需要相当大的勇气，数十年来，有心的年轻人很多，他们眼见地方戏一日没落过一日而不能挺身而出，缺乏的就是这种勇气，文化学院戏剧系的学生可以说有了很好的开端。

我们都是良家子弟

领导这一项演出的是文化学院戏剧系的年轻教师邱坤良，由于长时间对地方戏曲的研究，使他特别注意到各地的民间剧团，尤其是北管子弟团。

他说："一方面由于北管属于皮黄系统，吸收了不少大陆地方剧种的精华，至今仍保存流传初期的原始形态。它传到台湾的时代，大致是乾隆嘉庆之际，中原戏曲变动最剧烈的时候。我们或者可由北管的表演体系中，追溯当年秦腔和乱弹交替的痕迹，这正是中原戏曲衍进中，失去的一环。"

有了这样的观念，邱坤良读大学的时候就兴起去演地方戏的念头，可惜独力难成，一直到他担任戏剧系的教职才由学生们实现了他少年时代的愿望。他希望学生们能实际学习地方戏曲，在直接的参与中了解他们的内部组织与所属阶层。他马上想到台北霞海城隍庙附属的灵安社，因为灵安社是个历史悠久，曾经在各地庙会中出尽风头，灌过百余张北管唱片，有强大经济势力的子弟团。

四年前开始参加灵安社子弟戏，是邱坤良一个可贵的记忆，他回忆着说：“一九七五年冬天，也是灵安社一百零六年社庆的宴会上，我们和灵安社的人正式谈到学戏的事情。在酒酣耳热之际，谈得特别投机。那时灵安社已经有八年没有过正式的演出，在三百多位子弟的欢声雷动中，我们被接纳了，几天后灵安社为年轻的大学生举行入社仪式。在老子弟的引导下，我们每人一炷香，插在西秦老王爷——我们的戏神——的香炉里，正式加入这个民间社团。”

据邱坤良表示，灵安社子弟团是本省仅存的三十多个子弟团中较大的一个，里面的成员大多是泉州同安籍移民的后裔，还有后来移居大稻埕而加入的新子弟。他们的职业从大公司的董事长、议员、会计师，到下层社会的铁工、水泥匠、洗车工，应有尽有。他们的职业尽管不同，因子弟团而有的骄傲却是一样的，因为子弟团使他们有自己是良家子弟的自觉。

邱坤良所灌输给学生的也就是，从事地方戏曲的表演与研究，做一位良家子弟。

灵安社的社址虽然坐落在归绥街江山楼风化区附近，由于子弟们的自觉，百余年来依然保存着它淳朴单纯的面貌。每天晚上当子弟团的锣鼓响动，来风化区冶游的人们总会用好奇又钦羡的眼光在灵安社门口张望，风俗和环境的厚薄在这里就可以清楚地辨明了。

我心内真欢喜

从大学生到子弟团学戏的第一天开始，灵安社中的气氛就完全不一样了，它充满了新鲜有活力的气氛。每当排戏的晚上，子弟们就会从树林、永和、三重各地赶来重温过去兴盛的老梦，并且邀约他的邻人亲友一同前来。他们会说："我们的大学生子弟在排戏，要不要一起去看？"

这种欢乐鲜锐的气氛弥漫了整个灵安社，他们的欢喜自内心显扬到脸上来，教大学生学戏的戏先生更是沉浸在这种气氛中。

今年教子弟戏最主要的戏先生是七十岁的郑生其老先生。郑生其从二十岁开始加入子弟团唱戏，到今天已经有五十年的历史了。

追溯起郑生其学子弟戏的历史也是偶然的。一般子弟戏的传承都是祖传父、父传子，一代一代地传下来。郑生其在二十岁以前是一个身强体健的踩三轮车的小伙子，他的朋友中有许多是台中新春园子弟团的子弟，经常邀约他去看戏。

"我看到子弟戏实在很有意思，就随朋友加入了子弟团，学的是北管福路派的唱曲。我们那时一管是四个月为期，我学了一管就上台演出旦角，好像我演得还不错，地方人士就请我负责教新的子弟演戏。我过了一段白天踩三轮车，晚上教子弟的日子，后来会教子弟戏的人愈来愈少，到处有人请我去教子弟，我放弃了踩三轮车，专心教子弟，到今天已教了四十几年了。”

去年，灵安社从台中把郑生其请来教文化学院的学生。他从此每星期跑台北，把他年轻时代学得的，经过数十年岁月历练的绝活，倾囊相授给学生。他教的是全套子弟戏，包括生、旦、净、丑，包括唱腔和动作。

教大学生演子弟戏，郑生其的感觉是“我心里真欢喜”。他表示，大学生很聪明，半年来，他们每星期只学一天，但是已经唱出一个样子了。他觉得教学生演子弟戏较大的困难是，子弟戏由于长期的演变，已经成为普通话闽南语交杂的现象，许多学生只会普通话，在字音的教授时常需要很长的时间。后来，他想出一个办法，由他在大学念书的儿子将戏文翻成正确的普通话，然后用录音带录下来，让学生带回去练习。

谈到平剧、子弟戏和歌仔戏的不同，郑生其觉得平剧是更高尚的艺术，歌仔戏是更大众的艺术。他用了一段很生动的话来解说：“平剧是一百斤，子弟戏是八十斤，歌仔戏是五十斤，能举一百斤的人就能举五十斤、八十斤，能举五十斤的人就不一定能举一百斤了。”

郑生其对子弟戏的前途并不乐观，他表示，只是吃这行饭念这样经罢了。

教子弟戏的第二个戏先生是七十一岁的冯添财。他是早在十七岁的时候由父亲的引导进入子弟团，演了五十几年的子弟戏，由青衣、彩旦、大花、三花演到老生，无所不演，现在则担任灵安社子弟戏团的锣鼓。

冯添财觉得大学生很灵巧，很好教，他教起来很欢喜，最主要的是，这些大学生很有热情，他们都自动自发地来学习，这或许就是子弟戏重新发扬的一点点希望了。

本来，在子弟戏的传承中，由于早期地域和派系不同的激烈竞争，他们不愿让世代传下来的手抄剧本、曲谱、灯架、绣旗和乐器流落出去。这时，因为他们心中的欢喜，不惜将所学倾囊相授，他们把学生们看成他们的师弟，指导他们，照顾他们。

尤其过去的子弟团中是不收女性子弟的，为了学生上台演出，破天荒第一次让女性来学戏。这种种突破，使灵安社有了创新与改造的生机。

薪传民间戏曲的香火

来学戏的学生们对子弟戏，究竟是抱着什么样的态度呢？

此次参加子弟戏演出的学生一共有二十几位，大部分是文化学院戏剧系的学生，还有几位是艺术研究所的学生，以及一位外面来票戏的社会人士。

四年级的林郁妹在戏里面挑大梁，她学戏已经学了三年。她说：“一年级的时候我跟随学长们参加了灵安社的民间街头游行，我担任的是耍小龙，这个仪式对我很重要，我看到了许多在大学课堂没有看见的东西，我就决定参加灵安社的子弟团。”

二年级，她参加了灵安社在艺术馆的演出，也参加了在保安宫前的野台戏演出。“我感觉艺术馆的演出比较安静和紧张，野台戏的演出则比较放松，能和观众打成一片，所以，我觉得子弟戏还是更适合在民间的。”

当然，演子弟戏也遭到很多困难，林郁妹刚开始时由于求好心切，台步走不好，唱腔也唱不好，心中很痛苦，她说：“那时只要老师说一句闲话，心里就难过半天，经过很久时间才适应过来。”

林郁妹学戏的最大希望是能作为子弟戏与观众间的桥梁，使子弟戏能延续和推展下去。

参加子弟戏演出的有两位是复兴剧校出来的学生，他们自幼接受了平剧的训练，现在来参加子弟戏演出，心中特别有感触。

三年级的刘男群，九岁的时候就在父亲的鼓励下进入复兴剧校，剧校毕业后进入文化学院戏剧系继续深造，半年前受邱坤良影响进入灵安社学子弟戏，他说：“我原来的意思是想进入地方戏团看一看，玩一玩，半年学下来却学到了许多平剧里学不到的东西。”

最让刘男群兴奋的是子弟剧的剧场形式，他说：“我因演平剧习惯了平剧的剧场形式，上台时一向没有特别的感受，这一次演地方戏，现场十分嘈杂，有人喝酒，有人喝茶，随时有赏金，随时有人放鞭炮，使我特别有一种兴奋的感觉，也就更卖力地演出。我觉得这时观众和我们是紧紧相连的，分不出台上台下。”

他表示，这种现场形式的不同，各有优劣，好处是轻松，演好演坏都不会太难堪，因为观众看戏不是纯看戏，是他们生活的一部分；坏处是台子太小，又用木板架起来，不能完全发挥演员的技艺。

刘男群对戏剧是有一份热爱的，他希望尝试各种不同演出，为民间戏剧传薪火。

学生们在演出之后都表示，他们希望还有机会来演出。

到乡下去看表哥

对戏剧艺术有深湛研究的俞大纲先生，生前曾用一句很传神的话来形容北管戏曲，他说：“北管是平剧住在乡下的表哥。”

俞先生的这一句话含有两层意义，第一层是表演形式上，北管戏曲比歌仔戏更完整、更定型，更具艺术的完整性，第二层是由于北管采取了野台演出的形式，具有和民众打成一片的特质。从这一句简单的话中，我们已可以看到北管子弟戏在民间深刻的意义了。

二十日当天下午演出第二出戏《晋阳宫》时，天空突然下起雨来，观众们纷纷撑伞看戏，现场展开一朵朵的伞花，蔚为奇观。还有一部分老阿公阿婆未带伞，一任细雨淋身，舍不得离去。

晚上演出《南天门》时，星空夜静，余雨未息，戏台前仍挤满了看戏的人群，从他们的表情和冒雨看戏的热诚中，我们仿佛回到了过去有一千多团子弟戏时的盛况了。

看完子弟戏时，天已经全暗了，天空忽然下起大雨。走在宁静的大龙峒街上，街边小摊上的细微灯光，这时更显得黯淡清冷。子弟戏是不是正像这些微弱的灯光呢？是不是会随时灭熄了呢？

如果说子弟戏是平剧的乡下表哥，这位表哥多年来似乎过着贫穷困苦、一灯如豆的生活。他经过一段时间的努力，像昙花一现地展现他的内容，我们在为他喝彩之余，应该如何给予他实际的资助呢？

我想着这个表哥，想经常到乡下去看他，可是找不到路径。

温泉乡的吉他

悲凉的吉他声

弹着那首悲惨的恋歌，
流浪到这里，
月亮已经浮上山畔，
我叹着气，
啊，啊哈，
初恋那个人，
你因何如此绝情，
默默来离开？

吉他愈弹愈流出伤心的眼泪。

这是大约十年前流行的闽南语歌曲，那时我年纪尚小，并未能真正体会它悲凉的况味，以为那不过是一首普通伤怨的恋歌吧！直到最近，我到北投女侍应生户去，一位名唤“玫瑰”的侍应生，用她喝酒喝哑了的嗓子为我唱这一首歌，我的心才深深地颤动起来，一股凉意陡然地袭上我的背脊。

玫瑰告诉我，那是一个痴情男子，他的情侣抛弃他到北投卖笑，他为了找情侣一路追到北投，一家旅馆一家旅馆地卖唱，可是再也找不到他的情侣了，玫瑰悲叹地说：“北投哪里能找到情侣呢？”

然后，玫瑰轻轻地朗诵起那首歌的口白：“心爱的！你到底在哪里？自你离开以后，我也来离开故乡，身边只有这把吉他陪伴我，千山万水，沿路来唱你所爱的那条歌，已经来到这个温泉乡了，心爱的！你在哪里，有没有听见我的歌声……”玫瑰在北投已经很多年，可是她唱念着这首歌，黑白分明的眼眸也忍不住闪烁着泪光。她说这首歌名叫《温泉乡的吉他》，她小时候也喜欢唱，万万想不到有一天会唱到北投来了。

《温泉乡的吉他》是一首粗俗的流行歌，但是它却点出了北投悲凉的一面。不知道有多少痴情儿女因为北投的兴盛拆分，它也隐约透露了北投的讯息，卖酒、卖笑、卖唱、卖其他一些可卖的，然后把人的青春也出售掉。

今年十月，北投的侍应生户将遭到废止，是好是坏没有人能料定，问到玫瑰，她幽幽地说：“这样就不会破坏人家的姻缘了。”

这首歌的第二段有两句：温泉乡白色烟雾，一直滚上天。当温泉的烟雾朦胧之际，北投面临废止，也许最难过的不是侍应生，不是侍应生户老板，而是那些从温泉乡找温柔的郎客。也许若干年后，他们重游北投，会堕入那一夜短暂温柔的回忆中，然后轻轻唱起《温泉乡的吉他》，但是他们在一夜挥霍之后，会不会想到那是一个年轻少女宝贵的一夜青春呢？

侍应生的午后

一般人到北投去找乐子，只要招呼一声，饭店旅馆一通电话打到侍应生户，不到十分钟，摩托车就会限时专送几位花枝招展的姑娘来到，再一通电话，几位卖唱的人也随着来到。

当宴席摆开以后，侍应生就陪着客人喝酒、唱歌，客人所看见的便是丰盛的菜肴，可口的酒食，甜美的歌声，以及装潢华丽的环境。侍应生浅浅娇笑的脸容，这时候笙歌舞影，一片豪华金碧，怪不得来到北投的日本人都要叹一声：“和做皇帝一样！”

酒酣耳热的时候，客人会带着陪酒的姑娘，就在北投的旅社休息或者过夜，当然其中免不了陪洗温泉鸟语花香的过程。这时候，客人眼中所见的，是饭店设备豪华的套房，舒适散魄的温泉澡，或者侍应生温热软滑的裸体。他们一路在北投看见的都是那么高贵华丽，让人心荡神摇，心向往之。

但是，真正的北投是不是这样？答案是否定的。我们先来看看侍应生，生活比较深刻的内里。

北投的女侍应生户不同于一般的妓女户，它规定不能在户内接客，甚至门户森严，不准外人进入。我们经过一番折冲，才被允许到女侍应生户内访问。

我们找到马路旁一条细狭的小巷子，一路走进去，远远就看到许多花花绿绿的衣服迎风招展，接着是一扇黯红色的大铁门，显得十分幽深玄远。按了门铃，一个中年汉子撑开信箱的小缝露出一对眼珠子，很详细地问明了我们的来意，才开门请我们进入，门内是另一个凄迷的世界。

一跨脚是一条阴暗的弄堂，弄堂尽处有一鞋架，架子上是几百双女鞋，零乱歪扭地倾倒着，鞋架正面就是侍应生户真正的大门了。门内传来嘈杂的莺声燕语，原来侍应生们刚刚睡醒正在用膳，看到我们进来，很亲切地招呼我们一起吃饭，那时候是午后三点，她们却才吃中饭。

侍应生的亲切使我有些吃惊，我曾数次走访华西街的妓女户，也曾遇见妓女们用餐，她们看到陌生人看她们吃饭，会端碗转身避开陌生人的目光。从这里就可以窥见北投女侍应生户与其他地方的妓女户有根本上的不同，她们是更有锻炼、更人性化，对自己的职业也更有一番信心。

饭厅后面是卧房，卧房里有一个小小的办公室，办公室上上下下竟装了六部电话，老板娘镇守一边，墙上挂着一张营业许可证，还有一张写满了北投旅社电话号码的壁报纸。我问起装那么多电话干什么，老板娘嫣然一笑，指着壁报纸："这么多旅社，几个电话怎么够？"

一般人对于老鸨这个名词都会有厌恶的感觉，可是北投的女侍应生户老板娘却都非常和蔼可亲，和我很诚恳地对谈，谈到女侍应生户将取消的事实，言谈间不免有些伤感："北投是台湾观光的重点，女侍应生是观光最重要的吸力，一旦被取消，情况真是不敢想象。"

说着说着，电话接二连三地响起来，她忙着听电话，我便信步到女侍应生的房间去和她们谈话。

度过漫漫白日

当初北投女侍应生户的设立有一项规定，就是以户内卧房的大小来规定侍应生的人数，每两坪大可以有一个侍应生，因此在这一家三十余坪大的侍应生户一共只有十五位侍应生。

她们把到外面接客称为"出馆"，午后的时候她们很少出馆，除了到美容院去做头发，在饭厅吃饭，都聚在馆内休息，准备着出馆的行当。

我看到几位女侍应生就着窗外射进来的光，正在涂脂抹粉，并用一种比较直接而带有颜色的话语交谈，一回眸看我蹲坐在旁边，一个说："要死了，看戏吗？"另一个打趣地说："看你水啦！"

接着我就很自然地和她们谈到北投女侍应生户今年十月底废止的问题，她们并不是很在意，一个娇笑起来："管它废不废止，我到别的地方去赚啊！除非把我的这个地方用铁条封起来。"另一个说："北投可以赚，基隆可以赚，屏东也可以赚，只是赚多赚少的差别。男人都是，唉！他们需要这个嘛！"两人停止了画眉，不约而同回头望着我，把我奚落一番。

也许对于这些侍应生们，北投的废止真不是很紧要的问题，她们只是抱着做一天算一天的心理罢了。

有两位侍应生斜躺在床上看着言情小说，看得入了迷。她们都已经上好妆，穿着鲜艳紧身的衣服。那是一位很有名的女小说家写的，我们谈到那位女作家，她们简直把她看成了天人，看小说已经是她们寂寞的午后唯一的消遣了——因为她们的一分一秒都是金钱，小说也只能断断续续地看着。

正在我们谈小说的时候，有一位女侍应生急匆匆地奔入，恶狠狠地啐了一口："干！中午来休息，真是不要命了！”她们的工作通常是晚上开始，有中午的客人，心里都会不情愿。

后来，我转到侍应生户的楼上去，有七个女侍应生围在一起看刚刚开播的晚间电视，虽然是冬天，她们仍穿着很单薄的衣衫，有些很暴露，像要炸出一团火来，还笑嘻嘻地对我说：“你裤子要拉紧，否则等一下会被我们强奸了。”我淡然一笑。

我们原以为她们都是很忧患的，可是看她们的嬉笑，我们又会感觉她们是快乐的，是忧患意识被生活磨平了呢，还是卖笑卖僵了呢？我找不到答案。

这就是她们白日里生活的全部了，一觉睡到中午，午后去做头发，或者在家化妆，看小说、电视，等待着一通未知的电话，然后出馆，去和陌生人打交道，去与流转的生命搏斗，通常要疲累到第二天清晨才拖着慵懒的身子回到户内——打情骂俏、生张熟魏的生活真是多彩多姿吗？还是单调乏味呢？

青春与金钱的赌注

后来我又走访了几家女侍应生户，她们的基色大略相似，环境还算整净的大通铺，被褥有点零乱，女侍应生舌尖嘴利。

在我和许多女侍应生的对谈中，我发现她们有两个很显著的特色，一是她们的声音都是低沉沙哑的，已失去少女清纯声音的原貌了。据她们说，是长期喝酒下来的结果，天天陪酒虽把她们人人都锻炼成海量，也使她们的喉音被严重地伤害了。二是她们的身材都很丰满，而且有肥胖的倾向，这也是所有出卖肉体的女人的特色，与她们不正常的生活方式和男性荷尔蒙有关。

至于她们经常挂在脸上的笑意，也不是真正快乐所散发出来的笑，是相当职业化的。其实，在北投的女侍应生通常有一个十分悲哀的身世，她们出卖青春不是自愿的，往往是对家庭的牺牲。因为以她们身受的少量教育，实在找不到更好的解救家庭危厄的工作。可叹的是，卖肉的行业是一个万丈深渊，往往在家庭困难解决后，就无法自拔了。

我访问到一位花名“金兰”的女侍应生，她幼年时父亲就去世了，全靠母亲做零工把她扶养长大，母女两个相依为命，金兰中学毕业后就到工厂做工来奉养母亲。不幸的是，她二十岁的时候母亲得了重病，需要一笔巨额的金钱医治。

她说：“这时候我想到母亲养我育我的种种，一定要医好她的病，可是我在工厂一个月只赚两千多元。正好我小时候的玩伴有人在北投执业，一个月赚几万元，她一再怂恿我，我想到母亲的病，就到了北投。”

金兰先领得侍应生的执照，向老板娘借了十万元治母亲的病，自己便一步一步走入黑暗的深渊。果然，母亲的病后来好了，家境也好转了，金兰却再也走不出那样的生活了。因为要一天赚三四千元的金兰再回去过一个月赚两千多元的女工生活，她也没有办法适应了。

金兰的悲剧不是个案，而几乎是北投区侍应生的写照。据几位侍应生户的老板娘告诉我，她们赚这些辛苦钱，有的要奉养父母，有的要给弟妹受教育，有的要为家庭还债，很少有把赚来的钱自己花掉的侍应生。因为北投的女侍应生算是“公娼”，必须年满二十岁，还要经户长同意，虽然也有少数人受迫，大部分却是基于为家的一片心意，否则，谁肯把自己的女儿推入火坑呢?

尤其是她们有充分的自由可以随时离去（这与受不良分子左右的暗娼有绝大不同），为什么仍愿过着这种内心悲苦的生活呢?

北投的女侍应生用青春和金钱做赌注的情况实在是社会普遍存在的问题，如果社会有充分的爱来济助遭逢困厄的家庭，许多女侍应生原不必到北投来讨生活。

退回攻击发起线

北投将在今年十月底废止女侍应生户，已经是市政府的定案，恐怕很难起死回生。对于这个即将来临的重大变化，北投女侍应生户采取的究竟是怎样的态度呢？

我访问到北投女侍应生住宿户联谊会的理事长庄严，这个问题他曾领导侍应生户多次争取，考虑得相当周详。他表示，北投现在有三十二家女侍应生户，共有六百三十一位有执照的妓女，她们扮演了北投观光的重大角色，如今面临的最大问题是：没有了女侍应生，北投的观光事业将会如何？女侍应生失业后，将何去何从？

谈到女侍应生的问题，庄严似有满腹的委屈，他说："北投不必取消女侍应生户，现在都有一些后力不继了。因为，以台北为例，谁都知道台北玩乐的法子胜过北投，脱衣陪酒比北投昌盛得多，泰国浴也胜过温泉浴，在旅社要叫个女人陪宿也易如反掌，而且在设备方面、女人的水平方面都高出北投许多，警方即使用出全力也无法有效管理，以这样的条件，北投哪里是台北的对手？"

他又认为，北投的女侍应生每星期要健康检查一次，要接受警方列档管理，至少每星期临检一次，在管理方面确比私娼和应召站要便利许多，为何不能全面取缔全省的私娼，却把箭头指向具有四十余年历史的北投女侍应生呢?

北投女侍应生在北投观光地位的重要性如何? 庄严举出一个例子，一九七六年三月，由于北投华南饭店的董事长陈振华发表谈话说：“北投如果没有娼妓，当地的旅游事业也许比现在更兴旺。”这句话激怒了女侍应生户的老板，于是演出了一次精彩万分的“粉红色罢工”，六百余位女侍应生在联谊会的筹划下，自三月二十二日到二十五日集体前往北港妈祖庙烧香。

这短短的四天停业，使北投的旅社平均减少了五成生意，较小的旅社更减少了八成左右，虽然旅社到淡水、台北各地借调应召女郎来应急，仍不敷大量的需要，使整个北投的观光业几乎瘫痪。庄严说：“这个事件可以叫我们看清女侍应生在北投观光所占的地位。”

庄严表示，北投今天闻名的观光基础是建立在女侍应生户上，潜力仍然雄厚，光每年侍应生户缴的税金就超过一千万元。万一废止，北投的观光事业必须重新开始，对于北投是好是坏，仍难以断言。

军队中有一术语叫“退回攻击发起线”，就是两车交锋时胜败难测，退到原来的攻击线再度出枪肉搏。北投女侍应生户一废止，势必也要退回攻击发起线，对于整个北投的观光事业，这可能也是尴尬的。

狂蜂浪蝶舞向哪里?

北投女侍应生在废止后，究竟往哪里去，也是庄严最担心的问题。

他说："要女侍应生从良是很难的事，废止后，她们必然从地上转入地下，化明为暗，这样更会造成北投的问题。一方面警方更难以管理，一方面转入地下就有地痞流氓出头，会造成相当大的困扰。而且，一旦转入地下，她们不一定要在北投营业，全省各地都可以去，北投固然色情减少了，却更造成全省的色情泛滥，因此废止侍应生，是一项赌博，是一次很冒险的赌博。"

庄严所提出来的两个方向都是有可能的，以本省色情交易的暗流激荡，北投的消失，反而可能造成更大的社会问题。所以，女侍应生户仍希望市政府能网开一面，让他们继续存在下去。

我告诉庄严，他们的这个希望不免会落空，北投女侍应生继续营业的梦想必然会破灭。一旦面临废止，联会究竟希望市政府在废止前做些什么工作，庄严举出了几点：

1.请在废止侍应生户前，辅导六百多位女侍应生就业或从良，务必要给她们一条安稳的出路，否则废了等于没废。

2.日前三十二家侍应生户，大部分是赚钱的，也有少数经营不善而债台高筑，废止后会发生纠纷，希望能事先妥善调解。

3.北投的限时专送机车共有一百多辆，机车骑士必将面临失业的危险，希望也有方案辅导就业，免得发生问题。

4.如果不能使所有的侍应生就业或从良，转明为暗后，应如何防范？私娼必会和保镖流氓结合在一起，要如何应付？都应该有一个健全可行的方案。

5.随着侍应生户的废止，许多美容院要关门，许多旅社要面临营业的困境，许多服装业、珠宝店生意大受影响，究竟又有什么防微杜渐的办法呢？

庄严说："这些问题我们要面对它们，不要没有考虑周详，说废止就废止，问题永远是问题，当这几项获得合理的解决，我们当然心甘情愿废止，否则，不是反而害了北投吗？"

最后，庄严提出的一个问题也值得我们深思，如果说决心废止公娼，为何江山楼妓女户、宝斗里妓女户可以继续存在呢？这对北投女侍应生是不公平的，究竟为何要厚彼薄此呢？

走唱者的世界

北投的特色，女侍应生自然是最重要的一环，另一个其他地方没有的特色，就是有走唱的乐园。

在北投卖唱的乐团分为两种，一种是由大饭店雇用的驻店乐团，他们是领固定薪水的；另一种是巡回于各旅馆间的走唱乐团。目前，北投的走唱乐团有七十多团，将近三百人靠卖唱维生。

北投的走唱者并不是突然生发的，追寻起它的历史，要在台湾光复以前，那时北投还是日军度假的地方，就有日本的歌妓在那里卖唱。台湾光复后，一些会哼两句的人就自己跑到北投卖唱，慢慢才演变到今天乐团的样子。

走唱的乐团通常由三人组成，一人弹电吉他，一人打鼓，还有一位小姐负责唱歌，所唱的歌则随客人点唱，所以卖唱乐团不必有很高的水平，却要对闽南语、普通话、日语的歌曲有广博的认识，才能讨得客人的欢心，获得更多的赏钱。

我访问了几个三人走唱乐团，据他们表示在北投卖唱并不是容易的事。由于竞争的乐团多，所以经常要和旅社的服务生和柜台小姐攀交情，才能时常介绍为客人卖唱。遇到比较蛮横的客人还喜欢无理取闹，喜欢和侍应生拿麦克风唱个不停，并表演亲热镜头，有时还有乐团一直唱到天亮，其中的辛苦可想而知。

现在乐团演唱的价格大约每小时五百元，其余的要靠客人的赏钱，他们每人每月的收入近万元，比起以皮肉赚钱的侍应生相距不可以道里计。

尤其是走唱的女歌手，难免经常受到客人的歪缠，极目所见的又全是声色犬马纸醉金迷的生活，使她们不敢启齿说："在北投的旅馆中卖唱。"这对她们的心理影响也是很大的。

与走唱者谈到他们心中的酸辛，不免使我想起那首哀怨凄绝的《温泉乡的吉他》，其中的快乐都是表面化的，隐在内里的却是更多的苦楚。

一步一步走向光明的地方

到北投做采访的那一段日子，我每次步出新北投火车站，就看到光明路的站牌，再左转还是光明路的侧街，与温泉路的交叉口，北投的三十二家女侍应生户和六十八家旅社大都分布在这两条通往山腰的坡道上。

我每次都要站在写着光明路的路牌指标上凝伫，认为这对北投也许正是一个很大的讽刺，光明路上的光明到底在哪里呢?

当然，站在女侍应生户营业的立场，站在观光吸引外汇的立场，我认为北投也许可以依现有的面貌存在下去；可是站在整个社会道德与风气的立场，北投的存在似乎又应以一种更干净更正确的面貌出现。

废止女侍应生户的营业，必然会给北投带来强大的改变与震撼。也许在短时间使北投的观光业因而瘫痪，但是朝更长远的目标眺望，任何一个以观光为号召的都城，若不能由它本身文化与环境的特色来吸引观光客，而长期依赖廉价的女色，终究不是正途——观光与女色固不是相冲突的，也不是一定要相依赖的。

我们所寄望于北投的应该是，不管用什么样的方式，应该导引它沿着光明路一步一步走向光明的地方。所谓光明的地方，就是不必以青春和金钱挣扎，不必用身体和心灵的苦来换取观光的外汇的地方。对于女侍应生，对于北投，也许这是最正确的一条道路。

我们但愿，社会能发挥更大的包容与爱心，使少女不再为了家庭的因素堕入万丈的深渊。

我们但愿，不必再在北投听走唱者或侍应生唱那首写满苍凉悲苦的《温泉乡的吉他》。

我们更但愿，不只是北投，我们的社会也能一步一步走向更光明的地方。

华西街印象

入来坐啦！

一条小小的巷子，好像永远也走不到顶。

在一间低矮的房子前，三五个粉白脸孔的少女正依在两边壁上搔首弄姿，一脸的媚笑。有两个女人最吸引我的注意，一个跨在门槛上一脚内一脚外，脸上毫无表情，眼眸茫然地望向远方。

还有一个拼命扯开她胸前的衣服，两只颤巍巍的乳房故意晃动着，还把右手诱惑地伸进衣服里掏着，远远地便唤呼着：

“穿牛仔裤的美少年，入来坐啦！”然后作势地捧捧她的胸脯。

我面无表情地自她面前走过。

她高声地斥叫：“干！没囊包的，死去哪里？”

我庄肃地回头瞪视着她，这样的对视维持了十秒钟，她的头缓缓地垂到敞开的胸前。

她身后的另一个女人叉腰站出来：

“看什么？看你祖母吗？”

有一点不同的什么，自这两个同类的女人身上闪射出来。

五颜六色的身世

那站在巷子两旁的一群女人，便是华西街的姑娘们，她们的脸仿佛揣在衣袋中黑皮面的营业许可证，皮面都是一样的，一掀开来，里面盖满了红红蓝蓝的章子，正像她们隐在内里五颜六色的身世。

她们站在门前，不是一个完整的人，只是一张牌子，可以公开营业的牌子，每张牌的底色均是灰黯，上面标了号码和价格。她们多脂彩的脸上很宜于联想，那像是皮肉上的老疤痕，五颜六色地浮凸出来，牵缠不清，又像是不小心打破一箱油彩，溅在一张素净的宣纸上，更像是现代派画家写实主义的作品，背景小巷画清楚了，人体却不成形状，像一堆用力甩上去的色拉酱。

是谁用刀划成的老疤痕？是谁打翻的油彩？是哪一位画家画不成功的作品？

我在小巷与小巷交缠中找答案。这已是秋日黄昏了，是不能直走的螃蟹上市的季节，也是姑娘们上市的夜晚了。我便这样茫然地走着，许多年纪轻的好奇小伙子与我猛烈擦身而过，这是仅能容两个人缩肩擦过的黑巷，早市的粉红色灯光跃出窗口，使巷子有一种迷离而诡异的气氛。

左一个："来坐啦！"

右一个："来坐啦！"

还有在碎红花布帘子后只露出半个头招手的姑娘们，像是把头埋在沙中的鸵鸟。

日光在遥远的远方

巷子两边的房屋是低矮的平房，给人一种逼压过来的感觉，抬头也不见日光，日光在迢遥的远方。

一位年轻的母亲牵着两个洁净的小女儿，自我对面款款而来，女儿不时转头环顾周遭，自我身旁走过，踩着粗糙的水泥路面一直走过。生长在华西街的小女儿们，我看不见你们未来的去路！

出巷口的时候，像是见到天国，只要是人都会吐一口长气，可是别轻松，就在吐气的时候，从街的转角处折出来一个中年女人，攀着戴鸭舌帽、弯弓身子老人的肩，附耳低语，两人便一高一低走进一家托儿所旁边的巷子。

我仿佛听到女人对老人的耳语：

“青春过去了，半价优待。”

如果公娼是结疤的痕，私娼便是正生着的脓疮，无可医治；如果公娼是打翻的油彩，私娼便是翻了的墨汁，没有色泽，一片漆黑；如果公娼是画坏的画，私娼便是这张画已经揉皱弃在墙角，多年未扫。

走过华西街，我对那条街走出来的女人，总是抱着茫然的疑惑，如同我童年打了麻药开刀，眼睛还能瞪视，脑中却什么也不能想了。

卖的食物以补的为多

出了华西街的色部，一脚便踩进了食部，是大海中两条相系缆绳的船，是这样极紧紧依靠。

看粗粗壮壮或细细瘦瘦的男人在那里吃东西，也是很不堪的经验，总让我想起另一群男人正拿着刀叉，就在这条街的另一头，吃力地啃嚼着躺在床上并不鲜嫩的肉体。

有人站起来擦嘴，我想到小房间内脸盆和毛在水中的晃荡。

华西街的食物据说味道很好，卖的东西也以补的为多，海鲜是最普遍了，还穿插着卖蛇胆蛇肉蛇血的店铺，还有卖鳖的、卖鲈鳗的，一入夜就各人拉长喉咙，嘶叫着招徕顾客。

我走到围了许多中年人的蛇店门前，看店主宰蛇，然后把蛇血倒入杯中，一杯杯摆在桌子的前沿，说：

“这杯卖你郎客五十元，这样是我不够意思。”他从架子上取出一瓶泡了蛇鞭的酒来说：

“再加一杯蛇鞭酒，卖你郎客五十元，稍等，下面还有……”

他再自架上取出一瓶泡了奇异东西的酒：“再加一杯蛇囊泡酒，再加三粒强精补肾的蛇丸，这样多少？才卖你郎客五十元！”

有一个中年人畏缩地伸手端杯子，并交给店主五十元。

“你郎客不要小看这些，喝完十分钟后去找一个查某，包准你拼二十分钟。不到二十分钟，我赔你五百。这样还不晓得吃，也就枉费了。”

听完这番话，一大群人争先恐后地把五十元丢在桌上，喝起那些神奇的汁液，一下子桌上就松松地堆满了钞票。

人们喝了这酒，纷纷往街那头走去。是不是有效，不得而知，但是，我觉得在华西街混的人都是有一套的。

稀奇古怪的店铺

再往前走，可以看到一个稀奇古怪的店铺，这是一家药店，正播放闭路电视，是女子摔角的彩色片，人潮把店面紧紧圈住。

摔角完了，店主把电视关掉说：

“你不要看这些摔角的查某勇，我一点点药就可以把伊们拼倒，爬也爬不起来。”

原来他在出售一种可以麻痹性器官的药物，能延长性交的时间，像小拇指一胶瓶大小要卖五十元，这种现买现试的灵丹，有些人自然抵不住要买。通常就冲着店主的一句话：“挡不到二十分钟，来掀我的店铺。”

除此之外，只要是性病的药，这间五坪大的店铺均有出售，淋病、梅毒、菜花、八组、下疳、烂疮无奇不有。这些药又正是华西街最需要的，所以店虽然在这里开了很多年，每天还是挤满了好奇的买药的人，他们宁可花一点小钱胡乱吃药，也不肯到医院让医生翻出来看。

从药店中出来，迎头一个老人扯住我的衣袖说：“少年仔，你桃花运在走了，坐下来看看，不准免钱。”

算命是老人的行业，在华西街尤其是，有许多白发苍苍、白须飘飘的老相士，或占一小爿店面，或只是蹲踞着，面前摊开一张红布，便可以营生了。老人与姑娘们上市的时间一样，都是在阳光隐去的时刻。

老人与姑娘们的货色不同，姑娘出售的是一点一滴流逝的青春，老人出售的却是一点一滴自远方流进来的岁月——两者同是一样的渺茫不可抓握呀！

有的人硬要把不可抓握的东西捧在怀里，这就是延祸致病的根源了。

永恒的谜题

我感觉到感性地观察华西街是不公平的，于是在龙山分局巡官和警员到华西街临检时，我便跟随他们去走华西街。

这时候，姑娘们媚笑的眼尾成为庄肃的表情，看到照相机时，不是冲进布帘子，便是转身掩面，我才在她们身上看到一点点羞怯的神情。

当我看到她们的营业许可证时，被惊得呆了，其中有一九三〇年生的，也有一九三六年生的，面皮已经完全松垂，身体已失去形状，我不知她们竟能用什么来吸引嫖客——这对我将是一个永恒的谜题。许可证五颜六色的戳记让人战栗，像是一章章掀开了生命的悲运。

后来我在每家门口，看到姑娘们六寸的半身相片，一张毗邻一张，下面标署了花名，等待出售。她们的脸在相片中一径地微笑着，为何我看了总是心酸呢？笑容的背面应是什么？

笑容后面是休息一次一百五十元，再后面是布帘子、是床、是脸盆，是青春如流水。

尊严在那里？

我参观了她们的房间，除了简单的双人床，顶着天花板的橱柜，一把吊着的风扇，就什么也没有了。尽头处通常是浴室——不是普通浴室——堆满了曾经不洁过后来洗净了的水盆，有一家竟置放了六十几个，老鸨说："脸盆都有在洗，有在洗啦！"

正看的时候，一个年轻人低着头从房间冲出来，冲出巷口，一位姑娘端着一盆水倒在浴室里，又马上站回门口的位置。

动作剪接得相当利落。

像什么事都未发生过。

华西街其实简单，它每天只发生同一种事件。

我们也和姑娘们闲扯几句，自然也无法入港。

临检的最后一间，我见到一位面容姣好的年轻姑娘用哀怨无神的眼光睨我们，走出巷了，那道眼神还紧紧跟着，我们向警官要求再转回去拍照摄取那道眼神，警官说：

"够了，妓女的尊严还是要尊重。"

我们便一路无言地走出巷子，走出华西街，尊严如同柏油路面，踩起来笃笃有声。

雨后初荷

小玉已经怀了整整七个月的身孕。

我们认识才两个月。

见面的第二天，我们便开始在海边做冗长而雅致的散步了。

与小玉的会面，像是在村道里偶遇西北雨，电闪夹着雨暴，叫人闪避不及。

秋天的时候，我读到一篇未婚妈妈之家的报导，便忍不住去探视的冲动，在好心的夏护士引导下，步入那一栋光亮但却冷肃的建筑物，共有五个房间，住了十二位未婚怀孕的少女，屋里的摆设像是单身女子宿舍，简单洁净。

不管是坐在椅子上织毛线，或是在屋里缓缓踱步，或甚至轻轻地唱着歌，怀孕的少女都已经海棠冬谢般地憔悴了。只有一位斜倚在白色床边的少女，专注凝神地望着我走进屋中，她那样随散得宜的身姿，脊骨挺直，两腿交叠，仿佛一幅墨渍未干的水墨画，画里仅撑出一朵荷叶，叶面上还水淋淋地滚动着晶莹的雨珠。

我站在门口阳光抖擞的地方，看不清楚画家在画面上表现的底蕴，只是特别感知那双灵动哀愁的眼眸。

她微微地牵动唇角。

我走过去，在床对面的椅子坐下，两人便默默对视，这时我才看清她惊人的美丽，不是荷叶的绿，而是荷花的粉红了。

我想说我只是一个写作的人，来看望这一座神秘的宫堡，却一句也开不了口，用力地搓着双手。

这时候，她身子向前倾，右手紧紧扣住我左边肩膀，用很平静且准确的普通话问道："你帮我写一本传记好吗？"那样的语气像是数十年前她已经知道我是一个宿命的写作者了，只有我能完成她的传记。

我抬起头，正好对望到那一双雨后青荷般的眸子，闪跳着热切的渴盼的光，我点点头，并且自她的眼眸移开，俯着眼睑看她修长精雕的手指。她说：

"吓到你了？"

随着她这轻柔简短的声音，好像有一道灵电通彻的光，自她身体的某部分闪穿进我的心中，冰火电石般的击撞，使我激灵灵地抖颤。

"每天下午四点钟，你到门口接我，我们到海边谈，明天开始，你来吗？"

我默然。

她陪伴我踱到门口，理理我毛衣的领子，说：

“我等你。”

一直到我走出很远才清醒过来。回望那一幢白色的两层楼建筑，我感应到自己刚刚是着了可怕的魔法，像一只泳游了长途的青蛙，忍不住要跃上荷叶栖停。

夜里，我洗澡时想着白日少女的面容，她印在浴室中蒸气满铺的镜子里的脸孔，模糊却不溃散，是晨雾未散尽时的一枝荷叶，清灵微寒。

我叫蓝小玉，今年二十一岁，大学一年级肄业。

我先说说这本传记的故事大纲。

你当然很容易看出，我生长在一个环境优裕的家庭，父母都是好几个大企业的董事长。家里除了父母，还有一个智能不足的妹妹，两个用人，一个烧饭做杂事，一个洗衣和照顾妹妹，还有一个司机。

我是一个人见人爱的女孩，又美丽，又聪明，但是不快乐。

觉得自己老是孤单，人生对我来说，像是观赏一场球赛，热闹，却都是陌生的人。

妹妹自然是不能谈了。

用人也没有什么可说。

爸妈一年里三百天不在家，其中两百天在国外，他们对我唯一的意义是拼命买东西给我。

有时候，我很久没有看见他们了，竟是一声爸妈鲠在喉里，八竿子也打不出来，我甚至忘记怎么样称呼他们。

反倒是钢琴老师，让我觉得亲切。

说起来可怜，我的童年十分单调，每天有司机送我上下学，礼拜天到钢琴老师家里学琴，晚上在家里看电视或发呆，唯一的娱乐是玩洋娃娃给说话说不清楚的妹妹看。有许多时候我都要偷偷哭泣，长得愈大，哭得愈多。

我最羡慕的同学是住在对街的陈美娇。她爸爸在我爸爸的公司里当一名小职员，妈妈在电信局当接线生。可是她爸爸每天晚上回家，家里笑声不断。陈美娇没有司机接送，每天蹦跳跑步和大人挤公共汽车，上课经常迟到，但是她常拍胸脯说："我坐大车，你们坐小车。"

到初中毕了业，我才学会坐大车。

什么？我的童年太单调，写不出多彩多姿？是的，正因为它太单调，所以我才要写传记，因为很多有钱人的子弟过着和我一样的生活，说出来，我还可以回味回味那一段没有爱的岁月。

进了大学一年级，我才摆脱了过去那种刻板单调的生活。看电影、郊游、烤肉、跳舞、爬山，每一天都在欢跃的笑声中度过。可是一回家，一切都被家里的气氛冻冷了。上了两个月的课，我便急于搬离那个家，去过彻底的独立生活。

这时候，他来了，牛津大学毕业的英国文学史教授，他六十二岁，离过几次婚。我对他的学问深深着迷，便跑去和他同居，三个月后我怀孕了，我又不肯嫁给他，又不肯拿掉孩子，只好来未婚妈妈之家。我来到未婚妈妈之家第三天就遇到你，你有一种气质，使我知道你可以帮我写传记。

听小玉说故事是顶好的享受，她的故事平淡，但是她的声音仿佛斑衣吹笛人的魔音，让我钻在她的笛音中流转。她喜欢把鞋子脱下提在手中，赤脚让海水淹没足踝，缓慢闲适地散步。说到一个段落，便会微微停顿，告诉我这里是一个句点。看到美丽的贝壳，她也会弯腰捡拾，把玩一两步后，再掷回海中，大笑着说：

“肚子再大，就弯不下腰捡贝壳了。”

我问她为什么不拿掉那个孩子。

“我要生下他，给他全部的爱。”

然后，她会幽幽地补充说，她一直到现在还不知道父母的爱是什么，到她怀孕时，与家中是完完全全闹翻了，爸妈为了消气，还特地飞到夏威夷去度假。

“我爸爸气得脸色铁青，说怎么会生这样的女儿，怎么会生这样的女儿，然后就叫我妈妈去整理行李了。”

她说话时，转头的四十五度侧脸，映着阳光的嫣红最是美丽。当海风吹起时，她披肩的长发便有节奏地跳飞着，有时缀乱了她的前额。她会用手轻轻地抚顺，她宽敞的孕妇装更是在海风中神祕地涨开和缩小，扭曲和游移。

其实，小玉与老教授之间，她事后检讨起来并没有什么情爱，只是那时她太需要一位父亲了。所以如果不是她要说这一段往事，要提起老教授，恐怕也老早就忘记了，那是一段晨梦，留不下多少痕迹。

她说："任何我喜欢的男人，在那一段时间来，我都会投进他们的怀抱。"

她的抉择是没有抉择的。

小玉平常的表情淡默，却能自她的眸光中窥见她内里炽热的火焰，她告诉我，未婚妈妈之家的少女们，都是平静织着炽热。

一位仅仅十六岁的高中应届毕业女生，在放学途中认识一个英俊的青年，便狂炽地相爱，三天后献身，一个月就怀孕了。

十四岁的乡村少女，经常与邻村的男孩办家家酒，然后就怀孕了。

大学毕业的女秘书，与总经理热恋，不久也怀孕了。

大家都是莫名其妙地怀孕，好像只有这样才是一个结局，然后远避到海边的家来，生下孩子，拍拍屁股就走了。

没有祝福，没有慰安，没有爱。孩子出生后撇下不管，这算什么呢？她的眼中有泪光。

有时候，讲故事讲累了，她会要求为她的孩子唱一首歌，便用她叫人落泪的声音唱：

“人皆有父，翳我独无……白云悠悠，江水东流，小鸟归去已无巢。”

她说：“小孩子们可能一辈子都不会知道他们真正的父母了。”

与小玉在海边散步的日子已经很久了，我们之间有一种奇妙的情愫。每到黄昏日斜，我总忍不住要到那栋白屋前静候，而我为小玉写的传记却毫无进展。每日临夜摊开稿纸，不知如何下笔，小玉的生命，看起来简单，却又无比的复杂，让我不敢掀开帷幕，去看隐在美丽面容下的欢乐、沉定，或者哀愁。

一日，我正准备要去接小玉，她忽然来到我简陋的居所，然后便真像一位妈妈，整理着我凌乱而没有格局的房间。她挺着大肚子收拾好房间后，长长地吁了一口气。

“怎么会住到这样的地方来？”

我告诉她，我仅是一位贫穷的作家，来花莲，来海边躲避贫穷，来矢志写作。

小玉高声地笑起来：

“你是生活的贫穷，我是生命的贫穷，同是江湖寥落——”

她顿了一下，叹道：

“江湖寥落尔安归?！”

那时，小玉的腹中已有九个月的胎儿了。夏护士一直劝她在家里待产，她老是不肯安分。

这一天，她说来让我看看她的孩子，因为连她都料不准什么时候生产。

我为她到厨房倒一杯热茶，回到卧房，小玉竟把她所有的衣服都褪尽了，光着身子坐在床沿上，她的腹部圆挺，双腿在十二月天的寒凉中微微颤动，两手平放在膝盖上，表情平静，泪水已经流满脸颊。

我赶紧用一张毯子包盖她的脊背。

“我只是要让你听听小孩子的心跳。”

她紧紧拥抱着我说：“我孤单得害怕。”

俯下身，我倾耳听到胎儿强烈律动的心跳，仿若来自天庭的另一端。她迫切地问：“怎么样？怎么样？”我说他跳得很好。

她幽幽地问我：

“你喜欢生男的，还是生女的？”那样的语气如同我就是胎儿的父亲。

“无所谓，男孩女孩一样好。”

“我喜欢生男的，但是也喜欢生女的。可是女孩子注定命苦，会耐不住孤单的，像我，是男孩就好了。”

“男孩也有男孩的苦处，有时候苦得更深刻。”

“生下这个孩子后，我不知道怎么照顾他，未来的路也不知应该怎么走。”

我轻轻理顺她的柔发，劝她回到学校去念书。

“我学的还不够吗？”

那天夜里，我从家前的长巷送小玉回未婚妈妈之家，那条路真是弯弯折折，像是没有出口，后来我们还是走到出口。

小玉站定身子，双手撑在她的肚皮上说：

“为什么我们要经常走这一种路呢？不是直线，没有红绿灯，人声车声忽焉在前，忽焉在后，永远也不知道下一站在哪里驻足。”

小玉终于顺利生产，她既生了男孩，也生了女孩，是一对双胞胎。她清醒过来，紧紧抓住我的手说：

“人家说一举得男是定心丸，二举生女是欢喜团，我生了一男一女，却不定心，也不欢喜。”

有一天，小玉突然不告而别，离开未婚妈妈之家，留下她的两个小孩，分别给两家人领养。他们或许也和母亲一样，将蹒跚地在生命道途上学步，小玉没有践行她的诺言：

“我要生下他，给他全部的爱。”

我想，爱与不爱，是由不得人的，其中有几分天意在。我们像一盘棋，被天意下着，不到起动之际，不知道下一步往何处，下一个对手是谁。

从此，我再没有小玉的消息，也不想去寻找她。

后来，我回未婚妈妈之家向夏护士告辞，她告诉我：“你应该和小玉结婚的，你们是很配的一对。”她说小玉在临产的一刹那，一直呼唤着我的名字，好像我是她唯一的亲人。

我很愁苦地笑笑，心里后悔没有向她求婚。

终于我离开了花莲，离开了海边。

可是，小玉没有离开过我的心头。

每次我看到下过大雨的荷花，楚楚可怜地灵闪着晶莹的雨珠时，小玉的生命之流就暖暖地自我心头蹿过。

夜的陀螺

知识的外衣

“不要怕，一定可以钓到的，现在落翅仔多，要钓多少有多少，何况我们只二十五个。”

坐在驾驶座上的刘天，很稳地把着方向盘，撇着嘴角对我说。我坐在他的右侧，看着台北夜街的灯红酒绿，坐在豪华奔驰汽车中，却因紧张而有激烈的心跳。

这是我第一次参加班上的舞会，却说不出为什么有浓重的罪恶感。

早在星期一，坐我隔壁的刘天就天天纠缠我：“小林，班上舞会一年多来，你都没有参加过一次，太不够意思了。你从来不跳舞，哪里像大学生？不参加舞会，算读哪门子大学？”我熬不过他们的七嘴八舌，答应这次破戒，参加一次舞会。

因为我们读的是工学院，班上只有二十五个同学，这一次因我的参加而造成盛况——到齐。

星期二，刘天、大头、黑番就开始筹办舞会的细节，这一次的名目是庆祝第二学年开始。他们在郊区租了一个山庄，一夜的租金是三千元，准备用刘天家里的音响，并准备了一些点心和鸡尾酒。每个人交两百元。

“女伴呢？”我问。

“由我和大头、黑番各开一辆车，当天傍晚到台北邮局前面，西门町人人公司附近去找落翅仔，三辆车，一次可以载十个人上山，三趟就完成了。”刘天说。刘天开的是奔驰，大头开千里马，黑番开国民车，都是老爹的。

“为什么不找学校的女生呢？又多，又方便。”

“唉呀！和学校的女生跳舞有什么意思？”

那个星期，平常不来上课的同学也到得很勤，下课时间就开“班会”，计划如何在星期六到星期天早上跳个快快乐乐的通宵舞会。我因为是生手，又是南部来的土包子，只能坐在一旁静静地听。一星期很快就在上课钟声和舞会讨论声中过去。

在台北邮局侧门前，刘天下车走过去，和倚着栏杆的一排小姐嘀嘀咕咕交头接耳，没一会儿工夫就带着四位小姐过来，一位和我挤在前座，三位坐后座。我嗅到一股浓厚的粉香，赶紧把头别过去。刘天还对她们臭盖，说我们Y大的学生最有情调，绝对不会让她们失望，四位小姐笑得咯吱咯吱花枝乱颤。奔驰汽车就往新店郊区超速地开去。

第二趟下来，我问刘天怎么那么有办法，三分钟钓四个马子？

“这些骚包，有东西可吃，有舞好跳，三更半夜走路她们都来，何况是坐奔驰？”

猎艳行动进行不到两小时，我们就找齐了二十五位舞伴，可以看出来有些是高中女生，有些是女工店员之类，还有一些不明身份。

开舞会的山庄，立在半山腰，公路局车在山下停，只有轿车能开上来。是两层楼的别墅，一楼的大客厅好像专为开舞会设的，二楼有八个小房间，供跳累的同学上去休息，顶楼还有阳台，十分诗情画意。

大凡舞会都是差不多的，男女生面对面各坐一排，音乐响起，各人找定目标下舞池。我因兴趣缺缺，又只会跳华尔兹和活蹦乱跳的快舞，所以跳得很少。舞池里相当热烈，除了第一曲是华尔兹，开头的一段都是快舞，整个气氛全被带动了起来——像正在加火的开水，马上就要沸腾。

到了凌晨，全是放慢舞，灯光也熄了，屋中人影晃动，每一对都贴在一起，无限慵懒地划着舞步，少数几位情况良好的同学，则带着舞伴上楼休息去了。

平常酒量很大的我，喝了几杯鸡尾酒竟一身热火，只好跑到屋外的游泳池畔，凉风一吹，竟靠着砌起的栏杆睡着了。

一直到阳光刺痛眼皮，我才醒来，屋里屋外忙得一团糟，三位现代骑士把钓来的舞伴接送到她们原来的地方去，其余的同学正在收拾屋内，准备交给屋主，让他租给晚上另一批大学生。

我没有随刘天送马子下去，帮着收拾东西，禁不住对胡定国说：“昨夜不知怎么搞的，喝几杯鸡尾酒就醉倒了，我平常可以喝一瓶大曲酒的，真是不正常的演出。”

胡定国高声地跳叫起来：“他妈的！你还不知道昨晚鸡尾酒加了作料呀！不然我们何必到山上开舞会。”

忽然，全屋子响起了一阵强烈的哄笑。

肢体的交谊

“小姐，对不起，是不是参加舞会的？”大杉和我站在欣欣七路站牌下，看到衣着入时的小姐就凑上去问。然后是一道不屑的目光，或是一个甜蜜的微笑。

“跟我来。”我领着不认识的女生穿过嚣乱的景美市场，然后带到一家绸布庄的楼上参加舞会。一路上我都和那些女生乱扯，问些哪个学校呀？什么系呀？怎么穿黄衣服，喜欢黄色吗？心里却干得要命，怎么到这个鬼地方开舞会。

今天是老牛过生日，在家里开舞会，我因为和老牛过从甚密，被死拖活拉来当招待。女舞伴有两个来源，一是老牛妹妹的女同学，一是市郊的女同学。舞会的前几天，老牛就站到班上的讲台上呼吁："这一次是老夫生日，舞伴是大学女生，请大家给我一点面子，不要在里面动手动脚。"台下自然嘘声四起，大开汽水。

老牛的父母家人全被他哄出门去，屋里就是我们这些毛头小伙子闹成一团，我因特地穿了一套西装，衬衣领子僵得脖子不能活动自如，只好跑到屏风后面放唱片。没想到有一个家政系的女生对我特别青睐，跑到屏风后面臭盖，说什么她也喜欢听唱片不喜欢跳舞，也喜欢那种在喧闹中孤独着的人——像我就有那种孤独和忧悒。真是鬼打架！

绅士淑女的舞会通常进行不太久，虽然中间有一段时间停下来切蛋糕、唱生日歌，仍然到十一点的时候就结束了。

舞会结束的节目是送女伴回家，一对一，剩下的人抽签，运气好的送短程，运气差的爱情长跑。我懒得抽签，就送家政系的女生回宿舍。

走到路灯下，我才看出她是我们所谓见光死的人物，嘴大额高眼睛小。所以一路上我都不开口，只想到班上那批人明天一定要骂这个舞会没意思。

"很少看见像你这么害羞的男生，不像读理工的，像是哲学系的。”见光死说。

我笑一笑，不作腔。

车子过圆山，只看到窗外流动台北市繁华的波光。我们走过许多弯弯曲曲的小径，停在一栋女生宿舍门口，见光死在纸条上写下她的名字、地址和电话号码，才与我嫣然道别。

走出来搭车时，我把捏在手中的字条揉皱，丢在路旁的阴沟里，忽然看见自己的影子拉得很长，孤独而忧悒。

流氓与警察

“大学伯仔，来到我们淡水开舞会，也不先缴点路费……呀，你们没钱，那没关系，只要让我们进去玩一玩就好了。”

刘天们一伙人，平常在班上十分世故老练，这时候也乱了阵脚，和大头虽然顶在会场门口，仍显得忸怩而手足无措。

“到底需要多少？”大头慑慑地说。

“一角。”一角就是黑话一千的意思。

“我们是读书人，不懂规矩，请大哥们多包涵，一千元我们拿不出来，就拿五百元给大哥们塞塞齿缝，下次来一定先通报。”刘天说。

领头长得獐头鼠目的人说：“好，看在你们是大学生的分上就打个五折吧！”然后扯过刘天手上的五张一百元钞票，扬长地走出去，后面还跟了二十几个喽啰。

刘天长长嘘一口气，转回身说：“没事，没事，大家继续跳。”我们经常听到开舞会被勒索的事，没想到自己碰上了，心里实在难受。

音乐重响没多久，站在阳台上的歪子忽然大叫起来：“是警察，好像是警察！”屋里顿时像一条航行在海中故障的船，一团混乱，有的从后面窗子跳出去，有的从阳台跳出去，大部分人在屋里乱转。

“大家安静下来，安静下来，警察又怎么样，我们没做错事。”刘天洪亮的声音响起来，屋子的静默使叩门声显得更沉重而急促。

开了门后，进来六个警察先生，领头的一个说：“年轻人跳舞难免，但是跳得吵到邻居就不应该了。”他的语气平和，我们放心不少，在刘天的领头下到分局去报到。几位讨厌的女生抽抽泣泣的，大头说：

“哭什么，烦不烦呀？”

“学校知道要退学的。”

幸好警察先生后来并没有把我们报到学校去，只在分局里把我们训诫一番，要我们好好读书，不要耽于逸乐，并且叫我们每人写一张悔过书，表明不再跳舞的决心。女生们都哭丧着脸，男生们倒无所谓。

我交了悔过书，走在夜里的淡水街上，两旁的房屋竟仿佛被苍茫的古意笼罩，显得又古老，又凄凉。

找找对象总是要的

二年级下学期，班上同学对那些作怪的舞会已经厌倦了，而且有几个已经脱离“棍籍”，常与女友出双入对，参加舞会不像以前那么起劲。

“我建议我们应该开一次正正式式的舞会，也就是高水平的舞会，邀请学校的女生，大家可以在里面找对象，不只是玩。”有一次开班会，吊儿郎当的刘天突然一本正经地宣布。刘天是班上的头儿，马上得到大家的响应。

我们把目标指向一班外文系的女生，因为她们那班的姿色不差，班上也只有一个男生，当然为了表现风度——那个男生也在邀请之列。

地点设在阳明山刘天家的别墅里，我们没课时就上刘天那里臭盖，并布置那个舞场，贴海报、挂彩纸等等。刘天指挥若定：“一定要弄得像外国电影里交际舞的大气派。”

那一天还规定每个人穿西装、打领带，不准穿凉鞋和拖鞋，会场不准讲三字经或任何脏话，违反的人请一桌酒席。

我们班有史以来最整齐的一次，七点钟开始的舞会，六点半大家都西装革履地到齐，一排人站在门口恭迎外文系女生的圣驾。

那真是一个规矩而愉快的舞会，到底和大学女生是比较容易沟通的，连舞池里也溢满了平和而安静的气氛。不跳舞的人就坐在旁边的椅子上，用温文的言辞和高雅的手势交谈着。

舞会的最后还有一个高潮——摸彩。

这些摸彩品全是班上同学带来的，每个人带两份，还必须签上自己的名字，因此奖品都不坏。女生们抽到奖品都惊诧地叫起来，带着一种快乐而上扬的尾音。

一直到舞会结束，我们才深切地感觉到以前那些乱七八糟的舞会都是白开了。

这一次舞会造就了班上好几对佳偶，到现在，已经是几个孩子的父母了。

我虽没有在那一次找到合适的对象，却留下了非常快乐的记忆，每回从阳明山那栋别墅经过，心头就袭起一丝温馨的感觉。

禁止，永远不是最好的办法

舞会在今天，已经成为大学生最重要的课外活动之一。几乎每一位大学生都参加过舞会，并且在那里学到一些课堂上学不到的东西。

可是，大学生的舞会仍然在学校禁止之列，有时候还会遭到警方的取缔。学校在知悉学生参加舞会后，采取的行动是记大过、留校察看，有少数几个学校甚至给学生退学的处分，这些都不是很合理的处理方式。

虽然，有若干大学生，借着舞会，反映出来他们面对社会及学校的消极、颓废、逃避甚至麻木的态度，但是也有更多的大学生却在舞会中进行正当的交谊，也借着肢体的活动，抒解了他们精神的郁闷。

所以，使舞会导入正轨，应该是今后学校和警方应该努力的方向。

我觉得舞会是大学生在顺应快速变化的社会中，精神与物质取得协调的很好的场所，如何使它成为大学生正当的社交与活动，是一个很重要的问题。

都市的脸

台北街头巡礼

时间是清晨六点钟，大部分台北人还在梦乡，我们在中山北路的红砖道上漫步。刚刚被清洁工人打扫过的街道，人车冷清，显得特别整净，路中的行道树也比日常来得活泼有生气。

仔细地观察这一条闻名国际的街道，竖立在两旁的楼房有些老旧了，以二层楼、四层楼和六层楼最多，偶尔会有一栋十几层的大楼，以新的姿态在老楼房中站立着。

中山北路是一条已经兴盛很久的商业街道，形形色色的服装店、皮鞋店、咖啡厅、酒吧间、艺品铺、餐厅、理发厅等等，还有穿插在其中的旅社、宾馆及公司行号，呈现出多彩多姿的面貌。

由于商店的竞争激烈，悬挂在楼房上的招牌很巨大，有的甚至遮去楼房一半的面积。招牌的色彩强烈而刺眼，使我们平常走在中山北路，很难察觉到招牌后面楼房的格局，尤其到了夜晚，霓虹灯亮，人潮流动，成为灯红酒绿声色犬马之凝聚，更容易迷惑了我们的眼睛。

清晨，商店尚未开张，招牌没有诱惑，我们才看清了中山北路建筑物的真面目，它因为经历岁月的风霜而显得老旧了，与它内部装潢的豪华完全不能相配。台北市普通的大楼都在十层以上，中山北路的六层楼比起来就越发低矮了。

原因是中山北路发迹很早，依年代推算，中山北路的建筑是六十年代的产物，很易于让我们观鉴到六十年代台北建筑的形状。

台北还有一些街道和中山北路相似，像南京东路、长安东路、林森北路、重庆南路等等，多少透露着六十年代的气息。

从中山北路往下走，转进忠孝东路、西路，马上跳出一个不同的景观，忠孝西路上十层左右高楼林立，还间杂着一些较低小的楼房；一到忠孝东路，高楼的等高线仿佛是平的，一路上都是毗邻整齐的十二层大厦，结构和外观很新，宽度和高度都不是中山北路建筑能比，依建造年代推算忠孝东路、西路是七十年代台北的缩影。

八十年代台北建筑

再转往敦化北路和仁爱路交叉口，大厦的高大、宽广更令人心惊了。

单以建筑物的巨大来看，这一带应是台北最辉煌的地段，我站在圆环面对敦化北路的方向，前面是吉星大厦和霖园大厦；左边是老爷大厦和财星大厦；后面是康福大厦和万成通商大厦；右边是仁爱路上的亚洲大厦、华美大厦和一品大厦等等。所有的楼房都是十四层，还有少数正在赶工兴建，我爬到一品大厦顶楼向后望去，黑压压的全是大厦。这一带的楼房最新，大厦聚落最紧密，是迈进经济高度发展的八十年代台北新气象。

在台北街上大略走了一圈，对台北的建筑景观有了概括性的了解。从六十年代、七十年代到八十年代，建筑物很明显地自一般性的楼房，发展为大规模的高楼大厦，一直往上蹿高，并向两边扩张，成为十分奇特的格局——这种格局是在任何经济发展的都市都能找到的。

我们只要细心观察就能发现，这些大厦都是巨大的方型平顶建筑，像是一个个装罐头的方箱子，非常单调和公式化；大厦的窗门都是方型铝门窗，简单而没有变化；大厦与大厦密接，所朝的方向也不一定，形成相当杂乱的空间景观。

因此，现阶段我们所目见的台北建筑，呈现了公式化、简单化、单调化的景观。

往建筑的历史回溯，我们可以看出，现阶段的台北建筑，已经完全脱离了中国建筑的传统，中国建筑有变化、有情趣、可以居、可以游的特性在台北建筑中再也无法追寻了。我们所见到的大厦，不论是外貌、构造、建材，甚至装潢设计，全是外国引进来的，所以显现出洋化的、非中国的建筑景观。

最让人痛心的是，这些高楼大厦的命名也洋化了，像罗马大厦、林肯大厦、英伦大厦、巴黎大厦、阿波罗大厦等都是赫赫有名的大楼。

我们不禁要自问：难道台北的建筑从里到外全部洋化了吗？为什么会失去中国建筑的色彩？难道中国传统建筑不适合现代社会了吗？

在世界建筑中被公认为最符合美学的中国建筑，为什么会走出中国现代化的都市——台北呢？

开向阳光水莲

为了要找中国的建筑，我们从敦化北路绕道仁爱路，一下子便到坐落在一大片绿地与花树中的台北中山纪念馆了。

远远地，我们清楚地看见了一列圆形巨柱，撑着一个向两边飞扬的黄色屋顶，走过了许多方正的西式大厦，看到台北中山纪念馆特别令人心惊魄动。它安静地坐落，严肃中有亲切，和谐里有威仪，孙中山的精神在第一眼就呈现出来。

台北中山纪念馆在形貌上不是承继中国建筑传统的，但是在内容、精神与感受上，它是中国古老建筑的绵延。它保持原色的浑厚圆柱，与传统建筑的雕梁画栋有差别，它黄色的粗犷屋顶，也与传统建筑讲究的细致不同；它飞檐的刚强朴素又与传统建筑飞檐的温柔秀丽相异；它在形貌上没有运用传统建筑的语言，然而不管我们自任何角度看台北中山纪念馆，它都是中国的。

台北中山纪念馆究竟在哪些地方对传统建筑做了改革，它的成败在哪里呢?

我访问了国内建筑界十几位杰出的建筑师，他们一致认为台北中山纪念馆是很足以代表现代中国建筑的，而且是传统建筑一个很大的革命。它是以中国传统建筑为依据，西方建筑的理念与学养来突破、创新的。

开业三十六年的建筑师张敬德认为，台北中山纪念馆不是木头做的，但是传统建筑木头结构的美，它都具备了。张建筑师说："中国建筑最美的部分是顶，它表现了曲线的美，以及配合自然的景观，台北中山纪念馆在此有很好的发扬。”

有二十七年建筑设计历史的高而潘建筑师说：“我认为台北中山纪念馆可以拿来当成中国传统建筑运用到现代的典范，它的美，使我们感受到它是中国的，而且是创造的，不是因袭的。”

以盖大厦著名的建筑师姚元中则表示，台北中山纪念馆不能说是十全十美的，但是，它至少是一个中国建筑的革命，这个革命不论成功与失败，对中国传统建筑都注入了生气，使它活泼起来。

自美国学建筑回来不久的蔡正义说：“类似台北中山纪念馆这么魄大的建筑物，是中国建筑精神的表现，我每次从那里经过，都要被它的生动深深感动着。”

台北中山纪念馆虽然被建筑界认定是现代最具代表性的建筑物，它的设计人王大闳却觉得仍有一些不满意的地方，他说：“因为设计的时间太匆促，有许多细节本来可以做得更完美。”

王大闳表示，台北中山纪念馆的设计，精神确实是来自中国传统，但是在外貌上却希望能跳出清朝，甚至更早的宫殿建筑，使大家一看就知道它是中国的，也知道它是创造的，不是模仿的。中国建筑的道路，着重的应该是中国的气氛、中国的风俗、中国的文化背景，而不是把过去的样子拿来重建。

任何人站在台北中山纪念馆广场前抬头仰望，都会被它的精神震慑，无疑，它是中国的；无疑，它也是现代化的；它将传统与现代，环境与建筑做了相当美观的交糅。

坐落在许多紧邻的单调的公寓大厦中间，台北中山纪念馆格外突出，像是在一个池塘中，虽然有各种植物，其中有一朵水莲卓然而立，在阳光中熠熠闪烁。

中国的大帽子

像台北中山纪念馆这么生动而有情趣的中国现代建筑，是不是能闯出一条潮流，中国建筑师面对现代社会时，对传统建筑有什么看法呢？我们来听听建筑师的意见。

王大闳说："所谓建筑要有中国特色，便是大家要有意志，有意志去创造中国人的生活方式，这种生活方式当然是包括建筑的。如果我们都有意志创造新的生动的有趣味的中国建筑，把传统的东西拿到现在来有什么困难呢？"

高而潘说："一九七〇年我到日本京都参加世界建筑设计会议，曾经抽空到著名的东大寺参观。当时我还是个穷学生，用步行去东大寺，走了很远的路，我冒出满头大汗，忽然在一个森林中看见一个大帽子，那是中国式的屋顶，我兴奋极了。

“后来，我坐在寺庙中仰头看那个中国的大帽子，深红色的顶映在澄明的蓝空上，我受到很大的感动，疲倦也忘记了。我觉得对中国传统建筑是感受的问题，它是一个观念，中国人盖的西式建筑，如果以中国人的精神出发，也是中国的。

“并不是在所有的建筑物上盖一个中国的大帽子就是中国了。”

姚元中说：“中国的历史文化太久了，所以很固执，有些东西要变不容易，但是每一个有出息的子弟都要勇于继承，也要勇于改变，我是功利主义，我觉得中国的东西要讲气派、讲尺度。在现代社会，与西洋建筑比起来不会寒酸，不会逊色，而且它必须是整体的，不只是个人的。”

蔡正义说：“我们的建筑系设在工学院，外国的建筑系设在艺术学院，甚至有些是独立的建筑学院了。这是一个很重要的概念，我们首先要大家普遍突破‘建筑师是工匠’的观念，把建筑肯定为艺术，然后追索我们传统建筑的艺术应用到现代来，延续它的精神，当然，它必须以适合现代人生活为基础。”

张敬德说：“以现代中国式的建筑来看，中国建筑是退步不是进步，以前中国建筑的结构每一部分都有意义，做工都很细，色彩也厚实美丽，我想，中国建筑要提倡，一定要先从真做起。”

白瑾说：“传统与现代如何接续，一定要找出中国人的传统生活是什么，到现在它应该是什么。我想，以前的中国人生活是自然的，建筑也是自然的构造，它要有格调、有情趣，是为了生活而产生的，不是有了建筑，我们再去适应。”

归纳这些建筑师的意见，我们大概已看见了中国传统建筑面对现代社会的几个关键：

传统不是形态的、表象的，而是内容的、精神的。接续传统并不是承继传统的大帽子，而是它的情趣和格调。

要是创造的，不是模仿的。现代中国建筑不能只来自图表或前朝的模仿，而应该是在中国传统建筑中涵泳，在建筑师心中凝聚、提炼而创发出来的，它既能跟上世界建筑的水平，又有中国的特色。

要是当代的。现代中国建筑要以中国传统文化为背景，它的设计、它的环境、它的格局却必须能适应于现代人的生活方式，不是泥古不化，固步自封。

总之，如果中国传统建筑是一顶大帽子，那么我们要它戴起来美观、舒适，并能表现出戴帽的人的背景和身份。

都市的脸

我们进入一个都市，眼睛首先接触到的是都市中的建筑物，这是最直接也最有力的都市语言，因为从建筑物，人们很容易就能判定这个都市的文化面貌。所以，建筑是都市的脸。

目前，台北建筑所呈现的是一张暴发户的脸，浓妆艳抹，珠光宝气，缺乏一种自稳建中成长的气质。

关于这一点，我访问到离开台湾二十二年的画家萧勤，谈谈他看见这张台北市的脸的第一印象。

萧勤很坦直地说："我回到台北，像走进一个西方的都市，与二十二年前相比，台北的高楼使我迷乱了。我回来住了两个月，看到台北建筑太没有特色，也太没有思考了，几乎找不到休闲娱乐的环境。"

萧勤认为，一个都市的建筑如果好，我们从都市本身就可以得到乐趣和享受，像在街上，在河边散散步，或在路旁椅子坐下，就很享受了，可是台北建筑缺乏这样的趣味。

台北建筑为什么会缺乏趣味而流于公式化？为什么会没有美化而流于机械化？一般建筑师认为，由于台北的都市计划不是长期的，常常因经济的发展，房子来配合经济，于是两层楼在短时间内变四层楼、六层楼，甚至到二十层楼。建筑的寿命太短，建筑改变是零碎的，不是整体的，便使新建筑变得俗丑，旧建筑显得脏乱，趣味和美化从而消失。

更有的建筑师认为，台北建筑发展得太快，使绿地很快被吞吃了。绿地的消失，使人与人之间变得漠不关心，使人居住在浮面的大厦中，生活里只有赚钱、享受，以及紧张，在这种情形下，谈什么趣味和美化。

都市的脸倘若是建筑，那么它的身体便是整个都市的规划和格局，它的灵魂则是文化与历史的基架。一个都市如果身体不好（没有绿地），灵魂不清明（没有吸取历史文化的养分），这张脸不是贫血的，便是俗气的。

从这个观点看，台北最急需的不应只是擦脂抹粉，而是要吸收好的养料。

创造和谐生动的台北

近几年来，经济成就对建筑的冲击最大，我们在紧急需要下，来不及思考和反省，便已经形成现在的面目。

到现在，经济稳健了，可以喘息了，便有很多人站起来问：台北应该是这样的吗？

答案无疑是否定的。

这股自省的力量，在其他艺术中反映得更强烈，大家一致要求要中国的文学、中国的音乐、中国的舞蹈、中国的美术，对建筑，自然是要求中国的建筑，以这样的心，面对今天的台北建筑不免要摇头叹息。

王大闳对这个观念提出纠正，他表示，真正好的中国建筑和真正好的西方建筑，对台北应该都是好的，中国与西方建筑并存共容，并不会失去一个城市的特色。他说：“事实上，我感觉好的西方建筑都带有东方风味，两者并不是相悖的。”

从中山北路的六十年代台北建筑，到忠孝东路的七十年代，一直到敦化北路、仁爱路交界的八十年代做一番考察，并向前瞻望，我们能推断台北建筑走的仍是西式的往高空发展的道路。

我们不敢要求台北建筑不往更大的方向走，但是我们希望它能有一些重大的突破，使它更生动、更和谐、更美化、更合乎中国人的生活，希望台北不仅有一个好的脸孔，也有健康的身体，和深邃的灵魂。

附记：受访的建筑师与艺术家简介

王大闳，剑桥大学建筑系毕业，哈佛大学建筑研究所毕业，作品有台北中山纪念馆等。

张敬德，之江大学建筑工程系毕业，作品有“中央新村”“新店社区”等。

高而潘，成功大学建筑系毕业，曾游学日本，作品有“台北市立美术馆”“新淡水高尔夫球场”等。

姚元中，成功大学建筑系毕业，曾游学美国，作品有“林肯大厦”“老爷大厦”“福乐大厦”等。

蔡正义，美国肯特州立大学建筑研究所毕业，作品有“新光狮子林大厦”“泉之乡”等。

白瑾，淡江大学建筑系系主任。

萧勤，国际级的中国画家。

中国卡通的道路

卡通不是漫画

“小朋友，现在请大家想一想，我们面前有一座森林，森林有小鸟飞过，发出吱吱的叫声；一个水池，水池里有鱼儿在游；小白兔在草地上跑来跑去。现在，我们用音乐来听听这个画面。”

台湾电视公司儿童节目《爱的世界》里，儿童们喜爱的贾承达贾叔叔，正在教全岛的儿童画卡通，他谈到卡通的音效时，请钢琴家杨元丰上节目，在毫无准备的情况下，据贾承达构想画面，杨元丰便即兴地用钢琴旋律表现优美的画面和动作的趣味。

儿童们正在构思贾叔叔的画面时，杨老师的钢琴音乐随即涌进他们的心田，一时使画面和音乐交融，所有的小朋友都被自己脑中的卡通迷住了。

教儿童画卡通，做一系列有系统的教导，是台湾自有电视以来的头一遭。主持这个《卡通时间》的贾承达已经有十五年制作卡通的经验，他希望借着卡通教学为小朋友揭开卡通影片制作的奥妙，他强调的是卡通不是漫画。

“全世界的小朋友几乎都爱看卡通，可是小孩子看卡通知其然而不知所以然，以为是连环漫画书搬上银幕，我做这个节目就是希望能使小朋友了解卡通画面背后的一些东西。”

《卡通时间》分为六个单元：

1.设计概念：贾承达在现场画卡通，介绍了造型设计的基本观念，譬如，巨人像座山，傻子像个瓜，瘦子像竹竿，仙女像蝴蝶等造型的设计。

2.表情变化：先说明如何决定眼、鼻、耳、口的位置和个性，并邀请小朋友上台，把不同的眼睛、眉毛、鼻子、嘴唇配在一起，生动逼真，引发了小朋友浓厚的兴趣。

3.分解动作：举实例做卡通人物分解动作示范，并讲解动作的弹性变化，以及透视的趣味，使小朋友知道卡通人物如何由呆板的画片成为活的生命。

4.音效配合：即兴的现场钢琴演奏，配合画面想象力训练，初次上台的小朋友在这种启发下，共同配出了《王子救美》一片的音效。

5.色彩效果：介绍色彩对人物性格、剧情关系及带给观众感受的影响，并说明了造型、色彩、动作、剧情和音乐的密切关系。

6.电影特性：特别强调卡通不是漫画的连续，而是综合了美术与电影的整体艺术品，简单地介绍镜头、剧情、动作、感受的关系。

贾承达在台视主持《卡通时间》以来，小观众和家长们鼓励、求教的信函像雪片般飞来，带给他无比的信心，他肯定地说："中国卡通是有前途的。"

民族性与世界性

可是，中国卡通的前途在哪里呢？

目前在三家电视台播出的卡通影片占的分量很重，台视除了这个《卡通时间》，每天中午播出《卡通世界》，晚上播出《星星王子》的卡通影集；台湾"中视"每天晚上播出《科学小飞侠》卡通影集；台湾"华视"每天晚上播出《无敌铁金钢》卡通影集。这些卡通片均同样受到儿童的欢迎，不亚于几年前在岛内放映的《兔宝宝》《顽皮豹》《太空飞鼠》《丑小鸭》《大力水手》等卡通影片。

卡通影片的风行不禁令我们想起一个问题：为什么这些放映的卡通影片，全是进口的？是不是本土没有人会制作卡通影片？

这个答案当然是否定的，本土不乏一流的卡通人才，只是限于财力，在剧情长片上无力与国外大规模的影片公司竞争，只好做一些广告插播的短片。可惜的是，这些充斥在电视上的外国卡通影片并不全是适合中国儿童看的。

像贾承达就认为，外国卡通影片在人性上、在故事上、在奇妙幻想上、在夸张效果上均有世界性，然而它的人物造型、人物性格、趣味幽默有很多不合我们民族性的地方。

卡通在无形中对儿童会产生很大的影响，中国儿童的性格如果受外国卡通影片的引导，恐怕不是民族之福。因此，如何发展卡通，是现阶段儿童教育与娱乐相当重要的环节。

近些年来，曾有许多卡通画家在默默为中国卡通努力，希望能从世界性卡通的阴影中走出来，开创卡通的民族风格，由于在做法、内容、经营各方面都有偏差，致使一直没有发生明显的效果。

中国卡通曾有很好的丕基

其实，中国卡通曾有过很好的丕基，早期并领先了日本、欧洲、英国的卡通十余年。

一九二六年，万氏三兄弟就在国光影片公司研究卡通制作，隔年进入长城影片公司完成了中国第一部卡通影片《大闹画室》。同一时期，万氏兄弟并为大中华公司绘制《纸人捣乱记》，为联华公司完成《血钱》《同胞速醒》《狗侦探》《精诚团结》《蝗虫与蚂蚁》《龟兔竞走》等宣传片，这是中国卡通的萌芽时期。

一九二七年，万氏兄弟进入国内最大的明星影片公司，拍了《国货年》《航空救国》《神秘小侦探》《民族痛史》《新潮》《抵抗》等更具水平的短片，并倾力制作了《骆驼献舞》《新生活运动》两部有声长片，使中国卡通从无声到有声，自短片至长片，迈进了一大步。

一直到一九四一年，万氏兄弟推出了一部纯娱乐故事长片《铁扇公主》，这是万氏兄弟的代表作，也是中国卡通的巅峰作品。此片耗时一年四个月，动员七十余人，用目前的水平衡量，技巧仍是相当成熟的。日本东映公司在公元一九六〇年制作《西游记》时，就是参考了《铁扇公主》来发展人物造型。

当时喜爱卡通的风气已很普遍，卡通人才的培养成为急务，社会教育学院遂于一九四二年创立了电影艺术人员训练班，专门训练卡通人才，是到今天我国培养卡通人才的唯一正式机构。

本来已经朝气勃发的卡通艺术，由于遭逢抗日等长期的动乱，竟停了很长的一段时间。一直到一九六四年赵泽修自美国华特·迪斯尼和华纳片厂，及日本东映公司学习卡通归国才打开僵局，先后创立了光启社的动画部门，及泽修美术制作所，再度掀起卡通高潮，也训练了一批卡通的基层人才。

赵泽修领导卡通界时，先后制作了《上学去》《小山胞》《悬崖勒马》《石头伯的信》等，均得到很高的评价。他的代表作是三十分钟长、三十五厘米彩色的《龟兔赛跑》。

《龟兔赛跑》虽然在造型上仍受迪斯尼卡通人物影响，作品也带一点美国式谐趣，但是在背景及人物性格塑造上已有很浓厚的民族色彩，等于是民族性与世界性的结合，非常成功。

基于本土市场需求，及外国卡通片的竞争，抱着满腔热血的赵泽修只好放下奋斗了七年的卡通事业，到美国从事纯绘画。他手下的工作人员也因而分散各地，使中国卡通的发展又停顿了一段时间。

但是，总有一批人在默默地努力。近些年来除了电视商业广告采用卡通的风气逐渐普遍，重要的作品有贾承达的三十分钟《生命的开始》《中华歌舞剧》；邓有立的十分钟《新西游记》、二小时娱乐剧情长片《封神榜》；黄木村的七十分钟社教影片《暴秦的灭亡》《台湾与大陆的血缘》，及一系列的交通安全卡通片等等。

过去的中国卡通受到美国与日本影响很大，自从赵泽修以后，已开始摆脱外国的影响，逐渐建立起民族的风格，这应该不是偶然的；而是与早期的丕基遥相呼应，是民族特性源发出来的。当然，几位埋头耕耘的卡通作家不应该被遗忘。

为中国卡通留下史痕

近期的卡通画家最重要的是赵泽修，他因为从小爱看卡通片，后来在师范大学艺术系主修水彩和设计，更激使他对卡通的兴趣，毕业后进入日本东映卡通部受训半年。结训后进入加州大学电影系进修，课余亲随卡通大师华特·迪斯尼学习和工作了两年。

这时，赵泽修对卡通有了成熟的概念与技巧，也已是知名的水彩画家。他在美国开了两次水彩画展，一口气卖掉八十张画。一位美国朋友问他："这些水彩画，你为什么不为自己的国家留着？"

赵泽修告诉他："中国有许多纯艺术家，却没有动画家，我需要一笔钱购买发展中国动画的器材。"他返国的时候带回整整六十二个箱子，重达四千磅的卡通资料和器材。

赵泽修是艺术家，本来应该追求艺术的独创性，他肯放弃个人艺术表现，追求集体创作的卡通艺术，为中国艺术界开辟新风气，他的这份胆识是令人敬佩的。

他为卡通不眠不休地努力，使他赢得一九六六年的台湾文艺奖章，当选一九六七年的台湾十大杰出青年，以及视听教育学会赠给他一面奖牌。这不仅是他的荣耀，也代表卡通的艺术与成就。

与赵泽修同样出身于师范大学的贾承达，也是近期卡通的重要人物，他一样自小就喜欢看连环漫画，对活的漫画更是着迷。进入艺术系后便醉心于国外卡通图书，得到一些完整的概念。

进入台视当美工设计后，便从事戏剧片头的卡通设计，像《你我他》《追根究底》的片头便是他的作品。他不但会画，对电影、戏剧、音乐都曾下功夫研究，他说："我的作品并不是从画面推演出来，而是先有故事和音乐才开始设计画面和人物。"

由于关心本土卡通事业，贾承达在世界新闻专校电影科开了一门卡通动画课程。六年来，训练了不少卡通的基本人才，现已分布到台湾广告公司从事卡通绘制。

贾承达很有信心地说："也许我们的卡通还不够发达，但是一有机会，分散到各地的卡通制作人才便能集合起来，发生很大的作用。"

出身复兴美工科的黄木村，曾是赵泽修的学生，他默默在卡通界努力，使他得到一座卡通影片的金马奖——也是卡通获金马奖的第一位。

黄木村对卡通的实际制作有很大贡献，由于他不断地追求和苦练，创建了青年动画公司，在资助下，绘制了许多部社教片，目前还在三家电视台联合播出。他还分期训练了一批喜欢卡通的青年基本的卡通知识。

他说："现在卡通的发展仍有困难，但是十年前创立时更困难，我认为，我们可以从困难中走出一条路。"

和黄木村一样做实际工作的邓有立，五年前便创立台湾"中华卡通公司"，他虽然只有小学毕业，绘图的基础却非常稳固，使片商有信心投下巨额资金给他拍摄剧情长片《封神榜》。

可惜《封神榜》因为没有很优秀的编导及音乐家的参与，使这部片子的画面虽美，风格也很中国，却流于平面的铺叙，无法满足已经看过千百部卡通影片的儿童，上映三天便下架了。

但是邓有立有这个胆量仍是令人钦佩的，他说："失败没有什么，至少跨出一步了。"

除了这些人，比较杰出的还有宏广综艺公司的王中平，远东卡通公司的蔡志忠等。

为卡通献身的人，在目前虽称不上有很大的成就，他们的努力却一一为中国卡通的历史留下史痕，像是播一把种子在其中，总有长大的一天。

卡通不是万能的

既然有许多人在卡通的园地中耕耘，也有了一些成绩，为什么还不能和外国卡通影片一争长短？在追访国内卡通界人士时，他们提出很多缺点，归纳起来或者可以提出一些具体的建议，但愿能刺激卡通界，而萌生新的气象。

1.在观念上，应认清卡通影片不是万能的，它虽然比电影更能夸张，也能用各种方法造成电影无法达到的效果，但是卡通仍然比较偏向谐趣、娱乐、讽刺、嬉笑、打斗等戏剧倾向，如果遇到严肃的主题便有其局限性而无法发挥，譬如卡通可以拍《西游记》，若拍《孔子传》就要小心了。同理，宣传《家庭计划》的趣味性就会造成比做交通安全收效大，这一点，在台湾卡通界有待澄清。

2.台湾卡通界绘画的基本人才很多，然而高水平的领导人才却寥寥无几。基本人才多，在画面的完美、人物的造型固然可以达到要求，因为缺少设计、编导、音乐人才的参与，卡通影片通常在深度上、思想上、故事上有所欠缺。如何吸引高水平的人才参与卡通，由上往下推动，是一个很重要的问题。

3.台湾卡通的需求量很少，真正需要的只是少数广告影片及片头设计，造成供过于求的现象。于是大家恶性竞争，以低廉的价格争取客户，由于制作成本太低，很难拍出真正高水平的作品。

4.现今有部分卡通公司，依靠为美国和日本卡通加工出口维生，依据外国的脚本与人物绘图，久而久之，非但丰富的创发性受到戕伤，在绘制中国人物时也受到国外卡通的影响。

5.台湾的卡通，应以我们这个时代为主，落实对食、衣、住、行的关心，它所表现的应是此时此地中国人的面貌。如果自古代故事取材，也应具有现代精神，反映中国人特具的民族风格，所有的故事与创想皆应由此出发。

台湾卡通仍有这些明显的缺点，所以我们应怀着学习的精神、谦虚的态度，和宽广的心胸，多看国外的卡通来改进我们的卡通，要知道，卡通不是万能的，卡通画家也不是万能的。

期待中国的新卡通

与许多从事卡通的人交谈，到卡通公司看到很多工作人员在暑夏里挥汗画卡通，并且观赏了他们的许多成品，他们不惜一切投入卡通的精神，确实令人感动。

也许，他们的待遇并不高，他们的市场并不广，他们不断地接受生活的锤炼，但是，他们有一个共同的信心：中国卡通是有前途的。

最可喜的是，卡通制作人员普遍有民族的觉醒，他们不再以为国外卡通加工赚钱为已足，逐渐挣扎、蜕变，使中国的卡通在普遍的人性中反映强烈的民族感情。

然而，卡通片一向受到纯粹绘画思潮的影响，抽象艺术的出现影响了抽象的卡通，超现实、印象派、欧普、普普等思潮也使卡通一再开拓新的境界。我们要反省，千万不可以目前的少许成就沾沾自喜，在中国绘画思潮急遽变动时，如何才能让中国的新卡通与绘画的主流相结合呢？

为厂商和消费者动脑

用微笑拥抱他们

一九七〇年，“七虎少棒队”在美国威廉波特折刃，岛内民众对棒运的狂热，像一把熊熊烈火被无情地浇熄。一时斥责之声四起，甚至有许多人把责任怪到少棒队员身上，使远在美国的小球员，身心均受到巨大压力。

正在七虎队返回的前夕，岛内数十家厂商联合制作了一个广告，巨大的篇幅中有套红的七字大标题“用微笑拥抱他们”，短短的文案是：

为了国家，为了民族，为了全亚洲，七虎的斗志尽了一切，付出所有，含泪战斗到底，那么，失败还算什么？

今天，“少棒队”，为我们带回来虽败犹荣的精神，在他们胜利的时候，我们只有无条件地分享他们的光荣与骄傲，失败时我们该给他们什么？

让我们的同胞：

用鼓励来安慰他们！用微笑来拥抱他们！明年再来！

这一则简单有力的广告，对于当时恼怒的民众是一记当头棒喝，在棒喝中体会了人与人之间的温馨和关怀。

“用微笑拥抱他们”是台湾广告界的一座纪念碑，使广告从纯广告的、私利的，迈进了公益的、社会服务的范围，广告人不再以站在客户立场盈利为已足，而是进一步考虑到为消费者服务了。

此后，广告起了一些根本的改变，像“您的健康，是我们的心愿”的奶粉广告，像“联考前夕，请家长保持从容”的钢笔广告，像“家是不要地址也能找到的地方”的建筑广告，像“音乐是和谐的生活方式”的电唱机广告等等，出发点都是消费者，也具有社会性，可以清楚地体会到岛内广告业的改变。

这种改变，应是一项进步，一方面表示了广告从业员素质的提高，一方面也反映了消费者素质的提高。两方面的提高则显示出整个经济的繁荣与民众消费力的增加，它不是偶然的，而是长期演进得来的。

我们如果以一九六一年台湾广告代理业制度正式建立，

作为台湾广告史的始，则一九七〇年正好是一个显著的分界，可以自其中寻出一条进步的脉络。

新时代的舵手

曾有一个广告公司自诩为“新时代的舵手”，在他们的广告版面上摄制了一只手急速旋转一个地球，文案是：“睿智经验的舵手，掌握整条船的命运，经验老到的广告代理商，对于整个企业的成长也有决定性的作用。”

这个广告文案，我们若从经济发展着眼，称广告业为“新时代的舵手”并不为过。

因为从一个地方的广告事业发展，可以看出这个地方主要媒体的发展。自媒体的发展又能考察到经济是否良好，十年来，台湾广告业的飞跃进步似可以作为经济优异成果的考量依据。

岛内目前的广告媒体依序是报纸、电视、杂志。由于竞争激烈，为了争取广告客户，均努力地加强内容，不断地改进，促使文化水平的提高，也对经济发展有强力的刺激。

台北市广告代理商业同业公会目前一共有一百二十五个会员，广告工程同业公会也有一百余家，但是真正与广告命脉息息相关的却是广告代理业中，组织健全、规模完备的二十余家公司。

广告能开辟商品市场的营销，这二十余家规模宏大的广告代理商掌握了厂商与消费者的密切关系，也引导开展了商品销售的动向。所以目前国内正极力发展经济时，称广告业者为“新时代的舵手”也算适当。

以岛内最大的广告代理联广广告公司为例，其中包括了业务、制作（文案、设计、摄影）、企划、管理等单元，拥有员工一百四十余位。

他们每一年花费一百万元的市场调查费用，每两星期做一个电视收视率调查研究，把一部分盈利用来做情报收集、人才训练、市场了解等完整而有系统的广告作业，事实上已掌握了商品成败的命运。

但是，联广公司的标杆是“不以客户的预算为最后目标，而是以帮助商品、服务大众为最后目标”，这种大气魄使联广在短短八年中跃居台湾广告界的首位。它不仅在广告制作上可作为广告同业的借鉴，它完整一贯的服务态度，也是台湾广告界走向新时代的代表。

表面的广告只是末梢

究竟十年来，台湾广告最大的变革在哪里？

有多年广告经验的联广公司业务四部主任庄淑芬很简单地说：“过去的广告是纯广告式，只是把客户的商品展陈在媒体上就算完了。现代的广告则是广告人参与客户的作业，从资料的收集、市场的调查、商品的推销，一直到广告出现，广告人和客户都有紧密的联系。”

她认为，在现代广告中，商品出现在媒体上只是广告的末梢。

庄淑芬在广告界有八年历史，几乎是台湾广告史的一半，以她到先进国家考察的结果和本身的体验，她认为台湾的广告业在发展上仍有两大症结有待突破：

一是市场资料的完整。台湾除了大规模的公司有完整的市场调查，小公司犹未建立制度，应在这方面加强。

二是广告质量的提高。台湾广告大多仍是直接的诉求，少有迂回曲折，尚无法达到广告是艺术的要求。

庄淑芳是联广公司唯一的女性主管，她觉得女性广告人所遭逢的困难比男性多，但是开创的机会完全一样，只要能力好还是可以立足的。

其实，最复杂、最富变化的广告界，已经有许多妇女投入其中。凯美建设企划部主任廖辉英也是其中很杰出的一位，她曾有多年撰文和企划的经验。

她说：“企划撰文工作人员，要从头到尾深入其境，了解产品、市场、营销、顾客喜好、价格问题及专柜流通路线等，全盘地、主动地了解，才能创作出好的文案。”

她认为，好的广告文案不该是枝叶芜杂，让人望而却步——一个女性广告人也应该这样明快流畅。

对于广告，廖辉英觉得是在商品及顾客之间搭上一座亲密的桥，让他们互相沟通、打成一片。

担任美术设计多年的霍荣龄对广告设计的信念，则是单纯而热情，她认为她追求快乐的方式是透过相机，抓住真实生活的刹那。

她感觉到作为一位女性广告设计是孤独、诚实而热忱的。

从这三位担任业务、企划、设计的女性广告人言谈中，我们不但能查探到广告的堂奥，年轻女性投入广告界也印证了广告的普遍性，及其源源不绝的生机。

山转路也转

由于工商界了解到广告的重要性，现在没有任何一家稍具规模的厂商敢忽视广告的力量，普遍将广告费用列为成本中的一部分，甚至有些大企业专为自己产品的营销设立一个广告公司，致使台湾目前有三种类型的广告公司：

1.综合广告代理公司：组织健全、规模完备，巨细靡遗的代理广告业务，有较科学的、逻辑的、合理的作业方式，如联广、国华、东方、台湾、太洋、剑桥等二十余家公司。

2.家庭式广告公司：规模较小，附设于大企业之内，专营该企业的商品广告，如国泰关系企业的国泰建业广告公司，国联工业的国和广告公司，南侨化工的南声广告等约十家公司。

3.电视广告代理公司：被称为是广告界的掮客，里面没有设计部门，以抽取广告佣金维持，台湾共有三十余家。

其他还有代理房地产广告及报章杂志分类广告的数十家公司，使台湾广告业蔚为一片花繁叶茂的景象。其命脉之所系，即为经济的持续成长。

如果以十年为一周期，一九六六年民众的年平均所得为七千六百七十七元，广告总额是五亿六千零三十元；到一九七五年则平均所得是两万六千八百四十元，广告总额是三十三亿四千四百万元；年平均收入增加三倍多，广告额则成长近六倍，经济的成长无疑是广告成长最有力的支持。

未来的五年经建计划，到一九八一年，台湾的民众年平均所得将达五万六千元，消费力增加一倍以上，山转路也转，广告的美好远景是可以预期的。

广告不是魔术

今年五月，《中国时报》与《经济日报》分别举办了“时报广告设计奖”和“金桥奖”，宗旨是：“提高广告设计水平，增加社会人士对广告设计重视，裨益经济繁荣。”

早在一九六五年，《台湾新生报》即已举办过“报纸广告设计竞赛”，从相隔十二年的作品中，我们很清楚地看见了广告设计的几个进步：

1.编排由松散变得紧凑。

2.由平板进入优异的摄影水平。

3.文案的生动活泼将广告带入新境界。

4.新奇而良好的创意推陈出新。

5.从黑白到彩色，自凹版印刷进入平版印刷。

6.文案与画面的配合，极见高明。

以《中国时报》得奖的作品为例，像得到最佳平面广告设计奖的得利涂料，色彩鲜明、简洁明畅，标题是“得利确有两把刷子”，获得最佳创意奖的柯达彩绒相纸，说明柯达相纸贵有贵的价值，标题是“少付一块钱，老胡的脸红了”。

最佳标题奖是兰丽绵羊霜的“只要青春不要痘”；最佳摄影奖是缤缤服装公司的“爆炸性的男女服饰”，充满了动感及气氛的把握。读者票选的第一名黑松汽水广告“我们追求清凉”，则是最适当地符合了该商品的质量。

广告设计展的举办，对广告业者是一种很大的鼓励（奖额最高二十万元），也是台湾广告史的重要碑纪，广告界的反映归纳起来，大约有三：

1.漂亮的广告不一定是有效的广告，广告设计奖过于注重唯美的标准。

2.举办的时间过于仓促，有些作品不及选送参加，不免有遗珠之憾。

3.第一名产生并不代表活动的结束，希望多举办此类活动，达到艺术与商业结合的目标。

无论如何，广告设计奖反映了广告进步乃是不争的事实，也是一个可喜的现象。

可惜的是，这些设计奖均以报纸为主，与报纸同样重要的广告媒体——电视，虽在广告的进步上并不亚于报纸，却一直未能得到应有的肯定。倘若能由电视公司举办同类比赛，对于以制作电视广告为重点的广告公司，未尝不是一剂强心针。

广告人、广告的世界

工商业社会就是广告的世界，现代人几乎一天也离不开广告。

在广告充斥的生活中，生活在广告世界的人们，对制作广告的广告人不免有一些期望：

在这充满广告的时代，广告的潜在影响，胜过任何教育方式，我们但愿广告人负起社教责任，创造新鲜和健康的广告。

广告应是商品与消费者密切而完美的衔接，它在新奇中应有道理，在推销时应该平实，提供正确可靠的消息，建立广告公司的信誉，负起自律的广告责任。

自然，生活在今天的现代人，所期望的是更合理的、更美好的、更宁馨的广告，可是我们要抱着包容的态度，对于坏广告也能坦然置之，套用一个广告文案："乐圣贝多芬也有无声以对之时，广告人亦然。"应该能给广告人一些启示。

大违建“中华商场”何去何从？

台北市的一个破败的门户

从中南部搭火车到台北市，经过万华，穿进台北市的第一眼，便是坐落在南起小南门、北到北门口的三层式商店街——“中华商场”。

在铁路电气化尚未完成以前，由于火车长期吐放黑烟，使“中华商场”靠近铁道的背面被熏得灰蒙蒙一片，与它附近现代化的高楼大厦形成十分强烈的对比。又由于近铁道的一边无法营商，显得相当脏乱。作为台湾最现代化都市的门户，“中华商场”是显得非常破败了。

一九六一年四月一日竣工的“中华商场”，它的建筑形式还保留了五十年代的特色，在台北市日变千里的进步中，后来兴建成的建筑物已使“中华商场”黯然失色。

“中华商场”共分为忠、孝、仁、爱、信、义、和、平八栋，北边面对火车站繁荣的希尔顿大楼和站前大厦；中段被第一公司、国泰百货、人人百货公司挟持；南面则有真善美大厦、远东百货公司、洋洋服饰专业店的威胁。这些建筑都是八十年代的新型十层以上大楼，“中华商场”附近的建筑近十年来几乎栋栋翻新，只有商场本身还保留原有的样貌，于是显出可惊的老旧。

为什么“中华商场”不翻旧成新呢？这个问题不但让店家伤脑筋，市政府也无可奈何。

早在一九五八年，“中华商场”就聚居了长达一千二百公尺的违章建筑户，在该地建造了零乱低矮的小屋。市政府为了改善市容，解决违建户的问题，便与违建户商议，由市政府和铁路局提供土地，违建户分担四千七百万元建筑费用兴建“中华商场”，建成后商店与住户均享有二十年的使用权，而无须负担租金。

“中华商场”建成后，在当时是最现代化的三楼建筑，加上店面繁多，商品琳琅满目，又坐落在西门町的隔邻，一时之间繁华超过西门町，成为台北市最热闹的黄金地带。曾几何时，黄金成废铁，再过两年半，“中华商场”的租期就到了。

“中华商场”的租期一届，它必然要配合环境景观而有所改变，不但使黄金地带整个改头换面，台北市的门面也势将改观，“中华商场”何去何从已经是今天台北市相当重要的课题。

细数十七年沧桑

今天我们走“中华路”多少还能看出它的旧时规模。

根据“中华商场”管理小组的统计，“中华商场”八栋大楼中，店面共有一千六百六十个，目前有住户三百八十八户及商店八百零一家。因为生意不好，所以造成许多空户，及少部分以数家店面打通开一家店。

从这个统计数字看，现在的商店数还不及店面的二分之一，“中华商场”的惨淡经营由此可见。

十七年前的“中华商场”是以现代化的三楼商店建筑、商品琳琅满目来吸引人，最叫人流连忘返的还是它所流露出来的气质。它的价格十分平民化，又具有传统集市喊价杀价的刺激，使台北市的商店都相形失色。

当时形容“中华商场”的流行话是：别的地方找不到的东西，“中华商场”都有。对于忙碌的台北人，这是相当实用的。

可是这样的好景只维持了十四年。到了三年前“中华路”的天桥盖起来后，形势完全改观。

早在“中华商场”刚兴建完成，一、二楼店面是以抽签方式解决，由七户中抽一户上楼，也有部分是自愿上楼的，上楼的商店后来由于生意清淡，叫苦连天。四年前，“中华商场”的商家为了二楼的商业利益，向市政府请愿兴建人行陆桥，市政府也正要改善“中华路”的交通问题，便在每栋商场之间架设一座人行陆桥。

人行陆桥完成后，一楼由于交通不便，行人顿减，原本平淡的二楼反而生意大为兴隆。

这时候，生活水平已大为提高，“中华商场”的廉价已失去号召力，加上第一、人人、远东、洋洋、国泰等巨型百货公司的兴建或改建，货物之齐全，购物之方便，使“中华商场”黯然失色。这些大百货公司并且以“要买什么有什么”“为消费者利益而经营”的口号，粉碎了“中华商场”的特色。

最重要的是，不二价的购物观念已经普遍推行，台北的消费者不再喜欢讨价还价的口舌之争，中南部的消费者更喜欢不二价的稳当——“中华商场”原据以吸引顾客的条件失去，自然难免淘汰的命运。

回顾“中华商场”十七年的沧桑岁月，固是自繁华趋于黯淡，其中数度流转，仍然无法起死回生。如果它在环境、经营方式与商品质地的讲求上不能改善，前途仍是堪虑的。

生意景观的风水流转

“中华商场”除了整个面貌迭有更变，它本身的商店也时有流转，表现了相当奇特的不稳定性。

目前八百零一家商店中，服装店占第一位，有一六九家；饮食业一〇七家，占第二位；其余依序为：电器店九十一家，手工艺品店五十三家，皮鞋店三十六家，古董店三十四家，礼品店二十九家，皮箱店二十四家，杂货店二十二家，理发店二十家……

其他还有国术、相命、五金、水电、棉被、集邮、木箱、出版、杂志等等。

据台北市议员陈怡荣、陈顺珍向市政府质询指出，“中华商场”目前的所有人有百分之八十不是原承租人。

陈怡荣、陈顺珍向市政府财政局提出的质询是：据调查该一六八〇间位之中，现有一千间位以上是用五十万顶让或二三万元月租转租方式改变使用人。这种契约一订二十年，原使用人离开台湾、死亡、迁离本市皆有，贵局将来期满时如何依约找到他们善后？只剩两年半，贵局尚无具体计划如何是好？

财政局的答复是：本局正研究续约与原使用人或公开标

租的办法。

这个问题正问到“中华商场”的伤处，由于十七年前《台北市“中华商场”间位租贷契约》中规定草率，并未规定商店不准转让，因此迁进迁出甚为频繁，管理上也就问题丛生。

十七年前转让的行情是八百二十五元，合值当时黄金四两，最兴盛的时期曾有一家店面转让金高达一百五十万元，目前约为四五十万元。

转让和承租的频繁仍导致景观常变，以忠、孝、仁三栋为例，三楼原为交易有名的古董市场，现在因为年轻一辈向中山北路辟天下，虽然尚有交易，却显得相当萧条，不是熟客不会上门。一楼原为电器业的集中地，一度还成为全省闻名的电器市场，现在也冷冷清清。

一位电器行老板吴家寿说的话，很能反映冷落的情况，他说：“以前生意好的时候，每天晚上打烊，要清理订单到凌晨两点多，才有办法结账；现在只要能算到十二点就不错了。”

又，二楼原大多为住宅，陆桥兴起后饮食店大兴，倒成为西门闹区有名的饮食街了，因为生意竞争激烈，演变到当街拉客的场面。

生意清淡，生意人不得不动脑筋，第一当然是承租转让；第二则是改装店面，像烤鸭驰名的“真北平”，像锅贴驰名的“点心世界”都是打通五六间店面改装成的；第三是对付顾客货比三家的心理，干脆连续开三家服装店，这样进货时还可大杀其价；第四是走为上策，反正不要租金，干脆关门大吉。

这样不停地流转演变，使“中华商场”变得更加凌乱了。

过渡的都市面貌

从“中华商场”对面十三层高的第一公司顶楼俯望“中华商场”，最能看到商场的面貌与周围景观的不协调——它像一道残旧的石墙横亘在西门町的中央，使人车都不免尴尬。

与商场贴身而过的火车从平快、对快、光华、观光、莒光，一直到现在的电气化，几乎三五年一变，而“中华商场”依旧是十七年前的“中华商场”，十七年前的火车到底是怎样的火车呢?

我们今天看“中华商场”，它不是都市发展中的必然，只是都市发展中的过渡，它迟早都要被淘汰的——被环境和人淘汰。

市议员陈怡荣和陈顺珍也见及这一点，他们在质询中问道：“财政局有没有考虑过，这八栋依现时代标准看，最落伍最脏乱的违建有没有改建成现代化建筑的可能？”

财政局回答：“没有。”

又问：“有无配合铁路高架之改建？”

答："没有。"

议员们并且提到这八栋土地属于铁路局，建筑物属于市政府的商场正好盖在路地上，不就是最大的违建？财政局也承认"中华商场"是违建。

"中华商场"的兴建是合法的；又是盖在路地上的违章建筑；可以说是台北市最大的合法的违章建筑。这种说法自然是矛盾的，但是"中华商场"的本身就是矛盾的组合，连市政府都说不出所以然来。

既然"中华商场"是违章建筑，又是都市过渡时期的一种面貌，现在只剩二年半租期，就都市进步的前提来看，正是收回重新规划的好时机。

依照租贷契约上的租贷期限是：自一九六一年五月一日起至一九七一年四月三十日止，期满后如甲方（市政府）认为有继续出租必要时，乙方（商场间位）有优先承租权。这个契约按理是市政府若不续租，商场应无条件归还给市政府。

"中华商场"在市政建设中属于权宜性违建，因此二十年一到，可存可废，问题是：若存，要它存在多久？要废，"中华商场"将如何处置？

特别值得关心的是，"中华商场"如果废止，做更适当的处理，自然是台北市两百万市民额手称庆的事，因为它将使台北市迈向一个新的境界。万一要它继续存在，过去管理的松懈，和外表整洁的维持都做得极差，被嘲笑为台北市之瘤，今后市政府续约后，将如何做到更有效的管理呢？

最大的违建将何处去？

陈怡荣、陈顺珍两议员在市政府质询时提出的第一个问题是：“‘中华商场’二十年租约将于两年半后到期，贵局有何具体计划？”

财政局代局长郑可鋆说：“‘中华商场’的租贷期限尚有二年余，市政府对于该商场的处置政策将与铁路是否高架、地下，或维持原地均有密切关系。但是目前的既定原则是，无论如何处置，对于商场的权利人的权益，均采取维护和尊重的态度。”

郑局长并说明所谓权利人，是指市政府在处置当时的权利人，即最后权利人。例如，某一间位原为甲所有，但经转让给乙，乙又顶让给丙，其后再无转让之事，则最后权利人为丙，市政府会尊重丙的权益。

郑可鋆说：“如果因铁路高架而非拆不可，政府也会另有安置的措施。”但是他相信，该处在短期内维持现状的可能性极高，绝不轻言拆迁，因为兹事体大。

市政府的这种处置自然是考虑周详，相当合理的。

但是，影响“中华商场”存废的不只是铁路高架的问题，中华路久受拥挤之苦，全面拓宽也很重要。

又依据目前规定，铁道两侧十五米内不得有建筑物，“中华商场”距铁道不过三米，不但商户身心健康受影响，安全也堪考虑，加以又有碍景观，从这个角度看，“中华商场”最好是一片绿地，将会使台北市的黄金地段面目一新。

黄金地段要有黄金手段

今后“中华商场”有三条路可走，一是维持现状，二是拆迁改建，三是拆迁不改建，留成绿地。

然而我们要辨明的是，除了保留古迹，一个现代化都市在处理应兴应革的事件时，维持现状永远是最坏的办法。因为维持现状就是拒绝突破都市瓶颈的机会；维持现状将会成为现代化都市的累赘。如果一维持就是二十年，台北市将受到怎么样的拖累呢?

我们相信，台北市民宁可有一个清洁宽敞的环境，多年以后来凭吊这一栋曾经辉煌过的商场，而不愿多年后仍看到一座脏乱破旧、阻碍交通，与都市景观格格不入的商场。

愈是在黄金地段，愈要有黄金手段、黄金魄力——就是坚毅的、宁为玉碎不为瓦全的手段和魄力。

乐器外销市场的百尺竿头

从一个展览会说起

随着社会经济的发达，音乐风气亦逐渐发达，许多专家认为精良的乐器是提升、鼓励音乐气氛的必要条件。

十一月九日到十一月十三日在外贸协会九楼举行的乐器展览会，规模为历年来最大的一次，同时也给予关心台湾音响前途的人士许多信心。

走进展览会场，马上被会场的金碧辉煌吸引，平常我们看乐器，常只看到它个体的美，或精巧、或奇特、或圆满，各有千秋，一旦把许多乐器聚合起来，那种壮美而有情趣的感觉，是在一般乐器上不能观见的。尤其会场金黄色调的灯，使乐器交辉出格外绚丽的光泽。

展览会会场与一般展览会不同，它被设计得相当活泼生动，一千余件乐器采取开放式展览，任何参观的人都可以弹敲吹奏，可以自得其乐地掀盖调弦，不但没有人干涉，还有服务人员在旁解说，说明乐器的特质和正确的使用法。

小孩子在会场里显得最活泼快乐了，一下子坐在钢琴上弹刚学会不久的曲子；一下子又跑来吹小喇叭，吹得小脸蛋涨得又圆又红；一下子拿着磬锤要敲磬，因为不够高，还用力跳起来敲，又叫又笑；最后又坐到椅子上，煞有介事地乱拨琵琶的弦。

带孩子逛展览会的妈妈，因此忙得团团转。

会场的另一边是临时的音乐教室，主办单位聘请专家在那边演奏电子琴和钢琴，并且讲解学琴的关键所在，聆听的观众很踊跃地发问，弹奏的人则耐心地解答。

这个乐器展不同于一般画展，却是一幅活生生的画面，有人声有笑语；不同于一般音乐会，它是每个人的音乐会，大家都可以一试身手；更不同于一般的器物展览，它不是呆板的，而是流动有力量的。

乐器到底与一般工艺不同，说它是技术制造的，它又是音乐艺术的根源；说它是音乐，它又是从人的双手中制造。

我们看乐器展所感觉与一般工业展览最大的不同，是它精美和辉煌的特质，让任何人第一眼就想去触摸它，去一窥堂奥。

从第五届乐器展览会的精心布置，我们很能体会到主办单位的苦心，而这个展览自筹划到展出历时半年之久，能有如此好的面目绝非侥幸。

乐器的需求日益迫切

台湾乐器展览会到今天已经是第五届了，由于过去四届都在省立护专展出，地点和环境都不够理想，参展的厂商也不多，所以成果不佳。音乐器材输出业同业公会为谋改善，今年选在外贸协会，并经过一番设计，使本届乐器展览的盛况及规模都远非昔日可比。

展览会的主任委员，乐器公会的理事长朱炎东表示，举办这次乐器展览会是为了提高台湾音乐水准，以充实人的精神生活，并拓展台湾产乐器的外销市场，及介绍各种进口乐器给民众认识。

过去的乐器展览会都是两年举办一次，自今年起，改为一年举办一次，因为乐器公会觉得现代人对乐器的需要日益迫切，才做此修改。

朱炎东说："我们自古教育即以六艺——礼、乐、射、御、书、数为主，可以知道乐是自古以来极为重视的基本教育之一部分。进一步说，音乐是人类精神生活所不可缺少的，它能陶冶心性，稳定情绪，消除疲劳，增进健康，振奋士气，更可以表现个人的情感与国家民族的文化水平。”

随着工业的发达、科学的进步，人类的生活及工作也愈随之工业化、机械化、科学化，显然科学文明造成人类物质生活上极大的改变及享受，但是相对的，人们精神生活的空虚、枯燥、茫然也随之加遽，对追求生活上的协调、和谐幸福也日益迫切。

因此，音乐在人们生活上的地位及需要也相对提高，乐器是表现音乐的工具，因此对乐器的需求也日益迫切。

基于这种种迫切，把乐器带入家庭固然是乐器制造商一直努力的目标，大规模的乐器展售也变成一种必要的措施。

借着乐器展览我们更可以看出国内现阶段乐器制造的种类，及在生产技术和质量的改进，一方面回顾台湾乐器制造进步的情形，一方面也能展望乐器未来的外销前途。

本届乐器展览的种类相当丰富，它包括：

1.键盘乐器——钢琴、风琴、电子琴等。

2.弦乐器——吉他、大提琴、小提琴等。

3.打击乐器——钟、鼓、锣、钹等。

4.管乐器——大小喇叭、萨克斯风、巴里东、法国号、木笛、黑笛等。

5.簧乐器——口琴、口风琴等。

6.民族乐器——古筝、琵琶、胡琴、月琴、扬琴、瑟、三弦、中山琴、箫、笛、磬、木鱼等等。

这些乐器大多在本土制造，一部分与其他地方技术合作，少部分从外国进口，由乐器的种类和数量，我们很能看出台湾制造乐器的多样性。

朱理事长说明，台湾制造的乐器百分之八十外销世界各地，只有百分之二十内销，从这个比数我们可以审视到台湾乐器发展的历史。

乐器打进外销市场

台湾制造乐器的历史非常长久，但是所生产的大多为民族乐器，停留在自给自足的阶段，西洋乐器只能生产质量较差的口琴、吉他、风琴，因此所需要的西洋乐器一直仰赖国外进口。

到一九六二年才有少量的吉他外销，数量很少，不成气候，惨淡经营了六年，到一九六八年外销额总数犹停留在新台币三百六十二万二，增加极微，进口数额则高达台币三千万元。

此种惨淡的情况一直到一九七二年日元升值才有改变。由于日元大幅升值，欧美转而向中国台湾和韩国定制乐器，才造成本土乐器制造业的大兴，因此一九七二年是台湾乐器工业的转折点。

这一年，乐器输出总额一跃而为台币两亿两千万元，成为极有前途的对外贸易项目。这一年乐器业有三个重大突破，一是台湾乐器制造由入超转为出超，二是乐器的进口由成品进口转为原料和零件的进口，三是输出的品目从单纯的吉他变得复杂化，包括了管乐器和簧乐器。

一九七三年乐器的好景继续维持，外销总额仍在两亿元以上，一九七四年遇到世界性的通货膨胀，对台湾影响较小，仍有三亿四千万元的乐器外销实绩，一九七六年仍然维持。

近三年，经济更快速成长，国民所得增加，乐器制造环境已经形成，更造成前所未有的繁荣，一九七六年的外销数额为台币三亿八千九百万元，去年更以倍数增加，高达七亿五千六百万元。

从近七年的短短时间，台湾乐器业外销的兴盛，可以展望到将来的发展，不但向世界乐器市场进军，还和号称世界乐器输出王国的日本竞争，这是乐器业者早期所无法料想到的。

台湾乐器制造现况

台湾目前的乐器制商共有二百余家，但是稍具规模的仅有五十余家，还有少数的地下制造工厂。

以投资额计算，台湾乐器业总投资额约为台币一亿余元，其中包括一千万元以上四家，五百万元到一千万元的六家，一百万元至五百万元二十七家，其余均为一百万元以下。

目前的输出仍以吉他为大宗，占总数的百分之七十，铜管乐器为副；输入则以钢琴和电子琴的零件为主，占输入额的百分之八十。

由于吉他的外销需求，以及钢琴的对内需要，吉他和钢琴的制造一直是台湾最主要的乐器制造，吉他每月约生产五万余支，钢琴生产大约一千台。

钢琴的制造，由于原料、零件仰赖日本进口，成本过高，在外销市场上无法竞争，所制除少部分销东南亚，余皆为台湾人自用。

吉他的外销则遍及世界三十五国，集中于美国、日本和欧洲，是台湾乐器最大的外销资源。

其他的乐器制造依序为每月生产铜管乐器二千五百支以上，木管乐器二千支以上，口琴一千打以上，风琴五十台左右等。

台湾西乐器制造最大的工厂为功学社，国乐器最大的工厂为先进工艺社。

目前在开拓乐器市场上的现况为：

1.美国——世界最大乐器消费国，每年消费高达美金十亿元，其中又以吉他消费最大，过去主要进口为日本垄断，现在则有一部分输自中国台湾和韩国，以现在的成长率看，中国台湾占着比日本更有利的地位。

2.日本——世界乐器输出王国，保有世界第一位的输出量数十年，主要输出为中高级吉他、钢琴、电子琴、打敲乐器、管乐器和零件、原料。近年由于日元升值，人工昂贵，渐有消落之势，在成品方面，中国台湾吉他也打入日本市场。

3.东南亚——泰国、菲律宾对吉他的需求量大，中国台湾吉他价格低廉，但质量比不上日本，市场正在开拓之中。马来西亚、新加坡钢琴需要量大，可惜中国台湾钢琴成本太高，无法与外国钢琴竞销。

4.中南美洲——该地多为西班牙人、葡萄牙人后裔，极喜好吉他，百分之九十由日本进口，美国、西班牙次之，是中国台湾乐器外销的处女地，亟待扩展。

5.欧洲——乐器质量要求极高，中国台湾目前的技术还无法大量开拓此一市场。

自外销市场的分析中，我们了解到，我们的乐器质量尚有待改进，最大的缺点是一般制造工厂规模太小，生产不够现代化，成品当然也无法合乎要求。关于这一点，我们走访台湾西乐器和国乐器的两大制造商，或者能成为台湾乐器制造将来的楷模。

功学社产品遍及三十五国

功学社制造西乐器在台湾极负盛名，在国际市场也建立了地位。

功学社董事长谢敬礼表示，功学社创立于一九五三年，投资额两千万元，是台湾最早大规模的乐器制造业。二十五年来经过不断的扩充与努力，现在共占地九千余坪，拥有员工三百余人，一直领先乐器业，成为台湾最大的乐器制造厂和代理商。

谢敬礼说：“功学社以双燕牌的厂牌，二十多年来不但在中国台湾信用卓著，国际信誉也已建立。”

功学社所制造的乐器包括铜管乐器、木管乐器、风琴、口琴、吉他、电子琴等，每年的外销数额都占台湾乐器外销的百分之八十左右，营销遍及三十五个国家，凡有中国乐器外销的地方便有功学社的产品。

当然，功学社有今天的成绩绝非侥幸，它所制造的产品已达国际水平，铜管乐器方面甚至要超越日本。

据谢董事长表示，双燕牌乐器要出厂前，从原料仓库开始，到母模制造，零件生产，装配作业，质量管制，甚至到包装都采用精密的一贯作业，使乐器的水平良而整齐，普受世界各国的喜爱。

最重要的，功学社内设有研究室和检修服务处，它不只有制造乐器的功能，还创造一些国外乐器所无的特色；产品卖出后，做到完美的售后服务，做长期性的开发，而不是短时间的售卖。

功学社所采用的现代企业化管理，使它可望进入世界重要乐器制造厂之林，它的经营方式正是台湾乐器业一般所缺乏的。

制造民族乐器的先进工艺社

台湾乐器制造，有一个相当遗憾的现象，就是民族乐器的制造远不及西洋乐器来得蓬勃，而制造民族乐器的工厂大多是家庭式工厂，无法生产大量的优良民族乐器。

现今除了先进和纯音两家规模较大，其余还尚不能合乎现代化要求，其中尤其以先进工艺社专门制造，规模最大，历史也最悠久。

第五届乐器展览，最醒目的不是一般大型的西洋乐器，而是先进工艺社摆在角落的十多种造型、色彩、摆设都富有情趣的民族乐器。

据先进工艺社董事长陈先进表示，他自一九四九年开始专事民族乐器的制造，到今年已有三十年历史。这是源发于他小学毕业后，便到日本学习乐器制造，回国后苦心经营，希望能走出一条民族乐器的道路。

当年他的投资额为二十万元，是从家庭式工业壮大起来的，这虽不是一笔大的数目，但以当时的物价衡量，加上民族乐器无法大量生产的特性，已经是一笔很可观的数额。

陈先进说："可惜民族乐器的销路有限，它的销路分为四种，一是学校国乐团体，二是地方剧团，三是国剧团，四是一般个人消遣，最近才有少量的外销。由于国剧团、地方剧团一直在没落当中，民族乐器的销路因此无法广为打开。"

而且以价格比较，民族乐器比西洋乐器昂贵，是一般初学者较少选择的乐器。这是因为民族乐器的制造主要靠经验，必须行家才能造出好乐器，根本无法大量生产。

但是陈先进仍对民族乐器怀抱很大的信心。据他表示，最近因为东方文化普遍受到西方世界的重视，乐器也成为国外人士所喜爱的艺术欣赏品，许多观光客也都喜欢购买，因此使民族乐器生机不断。

现在积极拓展外销，已使内外销数量趋近相等，外销乐器以胡琴、月琴、三弦琴最多，外销国家以美国、日本、东南亚诸国为主。

虽然民族乐器的外销前途开始呈现曙光，但是以此环顾本土对民族乐器使用的减少，是不是也有音乐文化的隐忧呢？

扩展更广大的乐器市场

第五届乐器展览会中的乐器，比较部分的进口产品和本土产品，我们可以发现不论在原料、技术和质量各方面都已无分轩轾，是一次中国台湾乐器水平的印证。

一直到现在，音乐器材的制造，手工仍然多于机械，尤以精美的高级乐器为然。因此十几年来，国际上的乐器营销一直是亚洲国家的天下，也是中、日、韩争取外汇的主要产品。七年前中国台湾一跃成为日本乐器的竞销对手，但是在市场营销方面仍不及日本，今后要从何处着手呢？

我访问到乐器公会的总干事李荣津，请他谈外销展望方面的看法。

李总干事认为最主要的是要加强公会的力量，他说：

“目前台湾制造乐器业共有二百余家，但是参加公会组织的仅六十六家，还不及总数的一半，公会的力量因此十分薄弱。如果大家都来参加公会，公会便可实施‘核价签章出口’，有团结业者、维护信誉、防止恶性竞争、提高质量技术交流等等利便。”

此外，李荣津认为乐器业者有三条路是必须走的：

1.改变外销品结构——目前台湾的吉他外销，以低级品为主，利润不高，市场难以维持，何况高级品与低级品花费的人工、时间相差无几，今后应改为高级品外销。

举例来说，中国台湾现输出的吉他以价格每支五美元为大宗，每支利润仅一元，日本的吉他以每支四十美元，利润有二十美元，相差甚距。

2.摆脱日本控制——目前中国台湾的原料与零件仍有许多依赖日本进口，在成本上不能控制。

以钢琴的响板为例，原料必须采用阿拉斯加冷杉，日本以雄厚的购买力买下了阿拉斯加冷杉的采伐权，并以高价售出，控制市场，使中国台湾钢琴成本一直过高，无法在国际市场上竞争。

并且日本以技术合作为名，由中国台湾厂商制造，却挂上日本的厂牌外销，我们的信誉无以建立。

因此，如何自创厂牌，自制原料零件以摆脱日本厂商控制，也是乐器业的当务之急。

3.筹组大型产销联合公司——我们设备大、管理好的乐器厂不多，宜将小公司集中产销，不但降低原料成本，增加竞争力量，还可以在国外设销售站，于外销的扩展必大有贡献。

李荣津说：“现在世界几乎每个月都有国家开乐器展览会，我们的乐器向来都参展，像今年二月的德国法兰克福乐器展览会，六月的芝加哥乐器展览会，与外国乐器相较毫不逊色，如今是百尺竿头，更进一步了。”

看完第五届乐器展览会，我们对短短几年来台湾本土乐器业的发展感到欣慰，但是发展乐器，但愿它不仅止于工业的目的，希望也能反瞻台湾本土，开创更优美的音响世界才好。